Khalil Gibran
(1883-1931)

Gibran Khalil Gibran nasceu em 6 de dezembro de 1883, na cidade de Bisharri, no sopé da Montanha do Cedro, no norte do Líbano. O pai, um coletor de impostos, bebia e jogava, mas vinha de uma linhagem de intelectuais e de religiosos maronitas pelo lado da mãe. Khalil não teve uma educação formal, mas aprendeu inglês, francês e árabe ao mesmo tempo, além de revelar-se uma promessa precoce como artista, desenvolvendo uma paixão por Leonardo da Vinci aos seis anos de idade. Aos onze anos, toda a família, com exceção do pai, partiu para a América e estabeleceu-se em uma comunidade de imigrantes libaneses no bairro chinês de Boston. A mãe trabalhava como costureira, e o irmão mais velho, Boutros, abriu um armazém. Gibran frequentou a escola, onde seu nome começou a ser escrito como Khalil. Foi mandado para aulas de desenho e em seguida foi apresentado ao fotógrafo Fred Holland Day, que o usou como modelo e lhe encomendava desenhos.

Em 1898, Gibran foi mandado para casa para frequentar a escola Al Hikma, em Beirute. Estudou literatura francesa romântica e árabe. Em 1902, voltou para a família via Paris. Uma das irmãs, Sultana, morreu de tuberculose antes da sua chegada, e foi logo seguida pelo irmão, Boutros. Dentro de apenas algumas semanas, a mãe morreu de câncer, deixando-o com a irmã caçula, Mariana. Gibran vendeu o armazém e passou a ganhar a vida como pintor.

Mais tarde, teve um romance com a jornalista Josephine Peabody, que o apresentou a Mary Haskell, uma professora que viria a ser sua patrocinadora e colaboradora. Sua carreira como escritor estabeleceu-se quando começou a escrever para o jornal árabe *Al-Mohajer*. Em 1905, o primeiro livro *Al-Musiaah* foi publicado. Seguiram-se mais artig[os sobre o] Estado e a Igreja e, em [...] *Al-Arwah al-Mutam[...]*

sírio e ele foi excomungado pela Igreja Síria. Mary Haskell patrocinou-lhe então uma estada de dois anos em Paris, onde Gibran estudou pintura na École des Beaux-Arts e na Académie Julian, onde fez uma exposição em 1910.

De volta aos Estados Unidos, depois de Mary Haskell ter recusado seu pedido de casamento, mudou-se para Nova York e trabalhou como pintor de retratos. Fazia exposições regularmente, e um livro com seus desenhos foi publicado. Em 1912, a publicação de sua novela *Asas partidas* rendeu-lhe uma correspondência permanente com May Ziadah, uma jovem libanesa que vivia no Cairo. Mary Haskell encorajou-o a escrever em inglês e, em 1915, apareceu um poema, "The Perfect World", seguido do primeiro livro em inglês, *The Madman*, em 1918. Durante este tempo, continuou a escrever em árabe e a trabalhar como artista. Em 1920, Gibran tornou-se um dos fundadores de uma sociedade literária chamada Arrabitah ou O laço da pena. Sua carreira como pintor e escritor florescia, mas estava com problemas cardíacos e começou a beber muito para mitigar as dores no coração. Era convidado com frequência a discursar para congregações de igrejas liberais. Em 1922, foi inaugurada uma exposição de seus desenhos a bico de pena e aquarelas e, em 1923, foi publicada sua obra-prima, *O profeta*. Foi um sucesso imediato e as vendas nunca caíram. Publicou vários outros trabalhos em inglês e em árabe, sendo o mais notável *Jesus, o Filho do Homem* (1928), antes de morrer de insuficiência hepática e tuberculose incipiente em 10 de abril de 1931. Gibran nunca perdeu a paixão pelo Líbano, sua terra natal, onde foi enterrado e onde é considerado uma lenda.

KHALIL GIBRAN

O louco
seguido de
Areia e espuma

Tradução de ALEXANDRE BOIDE

www.lpm.com.br

L&PM POCKET

Coleção **L&PM** POCKET, vol. 1318

Texto de acordo com a nova ortografia.
Título original: *The Madman* e *Sand and Foam*

Primeira edição na Coleção **L&PM** POCKET: julho de 2019
Esta reimpressão: outubro de 2022

Tradução: Alexandre Boide
Capa: Ivan Pinheiro Machado
Preparação: Mariana Donner da Costa
Revisão: Jó Saldanha

CIP-Brasil. Catalogação na publicação
Sindicato Nacional dos Editores de Livros, RJ.

G382L

Gibran, Khalil, 1883-1931
    O louco: *seguido de*: Areia e espuma / Khalil Gibran; tradução de Alexandre Boide. – Porto alegre [RS]: L&PM, 2022.
    144 p. ; 18 cm.   (Coleção L&PM POCKET, v. 1318)

    Tradução de: *The Madman* e *Sand and Foam*
    ISBN 978-85-254-3874-4

    1. Ficção libanesa. 2. Filosofia. I. Boide, Alexandre. II. Título. III. Série.

19-58254   CDD: 892.73
                             CDU: 82-3(569.3)

Vanessa Mafra Xavier Salgado - Bibliotecária - CRB-7/6644

© da tradução, L&PM Editores, 2018

Todos os direitos desta edição reservados a L&PM Editores
Rua Comendador Coruja, 314, loja 9 – Floresta – 90.220-180
Porto Alegre – RS – Brasil / Fone: 51.3225.5777

Pedidos & Depto. Comercial: vendas@lpm.com.br
Fale conosco: info@lpm.com.br
www.lpm.com.br

Impresso no Brasil
Primavera de 2022

SUMÁRIO

O LOUCO
Parábolas e poemas 7

    Como me tornei um louco 9
    Deus 10
    Meu amigo 12
    O espantalho 14
    As sonâmbulas 15
    O cão sábio 16
    Os dois eremitas 17
    Sobre dar e receber 19
    Os sete eus 20
    Guerra 22
    A raposa 23
    O rei sábio 24
    Ambição 26
    O novo prazer 28
    O outro idioma 29
    A romã 31
    As duas jaulas 33
    As três formigas 34
    O coveiro 35
    Nos degraus do Templo 36
    A Cidade Abençoada 37

O Deus Bom e o Deus Mau..................... 40
Derrota... 41
A Noite e o Louco..................................... 43
Rostos.. 45
O Mar Maior.. 46
Crucificado.. 49
O astrônomo.. 51
O grande querer.. 52
Disse uma folha de grama........................ 54
O Olho.. 55
Os dois eruditos.. 56
Quando minha Tristeza nasceu............... 57
E quando minha Alegria nasceu.............. 59
"O mundo perfeito".................................. 60

AREIA E ESPUMA
Um livro de aforismos... 63

O louco

Parábolas e poemas

COMO ME TORNEI UM LOUCO

Você me pergunta como me tornei um louco. Foi assim: um dia, bem antes de muitos deuses nascerem, acordei de um sono profundo e descobri que todas as minhas máscaras haviam sido roubadas – as sete máscaras que confeccionei e usei em sete vidas –, e corri com o rosto descoberto pelas ruas lotadas, gritando: "Ladrões, ladrões, malditos ladrões".

Homens e mulheres riram de mim, e alguns correram para dentro de casa com medo.

E, quando cheguei ao mercado da rua, um jovem no alto de uma casa gritou: "Ele é um louco". Olhei para cima a fim de contemplá-lo; o sol beijou meu rosto descoberto pela primeira vez, e minha alma se inflamou de amor pelo sol, e eu não queria mais minhas máscaras. E, como se estivesse em transe, gritei: "Abençoados, que sejam abençoados os ladrões que roubaram minhas máscaras".

Assim me tornei um louco.

E encontrei liberdade e segurança em minha loucura; a liberdade da solidão e a segurança de não ser compreendido, pois aqueles que nos compreendem escravizam algo em nós.

Mas não devo me orgulhar demais de minha segurança. Até mesmo um ladrão encarcerado está a salvo de outros ladrões.

DEUS

Nos tempos antigos, quando os primeiros tremores da fala chegaram a meus lábios, subi ao topo da montanha sagrada e falei com Deus, dizendo: "Senhor, eu sou vosso escravo. Vossa vontade oculta é minha lei e vos obedecerei para todo o sempre".

Deus, porém, não me deu resposta, e se foi como uma tempestade poderosa.

E depois de mil anos subi ao topo da montanha sagrada e mais uma vez falei com Deus, dizendo: "Criador, eu sou vossa criação. Do barro me fizestes e a ninguém além de vós devo tudo o que é meu".

E Deus não me deu resposta, e se foi como o voo de mil asas velozes.

E depois de mil anos subi ao topo da montanha sagrada e mais uma vez falei com Deus, dizendo: "Pai, eu sou vosso filho. Vossa piedade e vosso amor me deram à luz, e através do amor e da devoção hei de herdar vosso reino".

E Deus não me deu resposta, e se foi como a névoa que cobre como um véu as colinas distantes.

E depois de mil anos subi ao topo da montanha sagrada e mais uma vez falei com Deus, dizendo: "Meu Deus, minha meta e minha plenitude; eu estava em vossas mãos ontem, e meu amanhã é vosso. Sou vossa raiz na terra e vós sois minha flor no céu, e juntos crescemos sob o sol".

Então Deus se inclinou sobre mim, e nos meus ouvidos sussurrou palavras cheias de doçura, e assim como o mar engolfa um riacho que corre em sua direção, Ele me recebeu.

E quando desci para os vales e as planícies Deus também estava lá.

MEU AMIGO

Meu amigo, eu não sou o que aparento. A aparência é só uma vestimenta que uso – uma vestimenta tecida pela consideração e que protege a mim de teus questionamentos e a ti de minha negligência.

O "eu" em mim, meu amigo, reside na morada do silêncio, e assim deve permanecer para todo o sempre, oculto, inacessível.

Não quero que tu acredites no que digo nem que confies no que faço – pois minhas palavras nada são além de teus pensamentos em forma de som, e meus atos, tuas esperanças em forma de ação.

Quando tu dizes: "O vento sopra para leste", eu digo: "Sim, o vento sopra para leste"; pois não quero que saibas que minha mente não habita o vento, mas o mar.

Tu não és capaz de compreender meus pensamentos navegantes, nem quero que entendas. Devo estar sozinho no mar.

Quando é dia para ti, meu amigo, para mim é noite; mas ainda assim falo da luz do meio-dia que dança sobre as colinas e da sombra arroxeada que se espalha furtivamente pelo vale; pois tu não podes ouvir as canções de minhas trevas nem ver minhas asas batendo contra as estrelas – e me agrada que tu não escutes nem vejas. Devo estar sozinho com a noite.

Quando tu ascenderes a teu Céu e eu decair a meu Inferno – mesmo quando me chamas através da distância impossível de atravessar, "Meu camarada, meu companheiro", e te respondo "Meu camarada, meu companheiro" –, não quero que vejas meu Inferno. A chama queimaria tua visão e a fumaça entupiria tuas narinas. E eu amo meu Inferno demais para querer tua visita. Devo estar sozinho no Inferno.

Tu amas a Verdade, a Beleza e a Retidão; e para teu bem digo que é bom e apropriado amar tais coisas. Mas em meu coração eu escarneço do teu amor. Mas não gostaria que visses meu riso. Devo rir sozinho.

Meu amigo, tu és bom, e prudente, e sábio; não, tu és perfeito – e eu também falo contigo com sabedoria e cautela. Mas sou louco. No entanto mascaro minha loucura. Devo ser louco sozinho.

Meu amigo, tu não és meu amigo, mas como posso te fazer compreender? Meu caminho não é o teu, porém andamos juntos, de mãos dadas.

O ESPANTALHO

Certa vez, falei a um espantalho: "Você deve estar cansado de ficar sozinho nesta plantação".

E ele disse: "A alegria de assustar é profunda e duradoura, e nunca me canso disso".

Respondi, depois de um momento de reflexão: "É verdade; pois eu também já senti essa alegria".

Retrucou ele: "Só quem é feito de palha consegue sentir isso".

Quando o deixei, não sabia se havia sido elogiado ou diminuído.

Um ano se passou, durante o qual o espantalho se tornou filósofo.

E, quando cruzei com ele de novo, vi dois corvos fazendo um ninho em seu chapéu.

AS SONÂMBULAS

Na cidade em que nasci viviam uma mulher e sua filha, que andavam durante o sono.

Certa noite, enquanto o silêncio envolvia o mundo, a mulher e sua filha, caminhando adormecidas, encontraram-se em seu jardim encoberto pelo sereno.

E a mãe falou: "Até que enfim, minha inimiga! Você que destruiu minha juventude – que construiu sua vida sobre as ruínas da minha. Tenho vontade de matá-la!".

E a filha falou: "Oh, mulher odiosa, egoísta e velha! Que me impede de deixar meu lado mais livre vir à tona! Que gostaria que minha vida fosse um eco de sua vida opaca! Como eu queria que estivesse morta!".

Nesse momento o galo cantou, e ambas acordaram. A mãe perguntou gentilmente: "É você, minha cara?". E a filha respondeu gentilmente: "Sim, querida".

O CÃO SÁBIO

Certo dia, um cão sábio passou por um grupo de gatos.

E, quando se aproximou e percebeu que eles estavam muito entretidos e não lhe deram atenção, deteve o passo.

Então se ergueu no meio do grupo um gato grande e de aspecto sério e falou: "Irmãos, orem; e quando tiverem orado vezes sem fim, e de mais nada duvidarem, há de chover ratos sobre nós".

Quando o cão ouviu isso riu-se por dentro e deu as costas para eles, dizendo: "Ora, gatos tolos e cegos, por acaso não está escrito, e eu não sei assim como meus pais antes de mim, que quando alguém ora como ato de fé e súplica não chovem ratos, e sim ossos?".

OS DOIS EREMITAS

Numa montanha solitária, viviam dois eremitas que cultuavam a Deus e amavam um ao outro.

E os eremitas tinham uma tigela de barro, e essa era sua única posse.

Certo dia um espírito maligno entrou no coração do eremita mais velho, e ele foi até o mais jovem e disse: "Já vivemos juntos por tempo demais. É hora de nos separarmos. Vamos dividir nossas posses".

O eremita mais jovem se entristeceu e falou: "Lamento, irmão, que queiras me deixar. Mas, se tu precisas ir, que assim seja", e pegou a tigela de barro e lhe deu, dizendo: "Não temos como dividi-la, irmão, então que seja tua".

E o eremita mais velho falou: "Caridade eu não aceito. Não vou levar nada que não seja meu. É preciso dividi-la".

E o eremita mais jovem respondeu: "Se a tigela for quebrada, que uso terá para mim e para ti? Se for de teu agrado, podemos tirar a sorte".

Porém o eremita mais velho insistiu: "Só aceito o que é justo e meu por direito, e não posso aceitar que o acaso determine o que é justo e meu por direito. A tigela precisa ser dividida".

Como não tinha mais o que argumentar, o eremita mais jovem disse: "Se é esse mesmo teu desejo, e se tu não queres mesmo levá-la, pois quebremos a tigela".

Contudo o rosto do eremita mais velho só se tornou mais sombrio, e ele gritou: "Oh, maldito covarde, tu te recusas a lutar".

SOBRE DAR E RECEBER

Em certa ocasião, houve um homem que era dono de uma quantidade infindável de agulhas. Um dia a mãe de Jesus foi até ele e disse: "Amigo, a vestimenta de meu filho está rasgada e precisa ser remendada para que ele possa ir ao templo. Tu podes me ceder uma de tuas agulhas?".

E ele não lhe deu uma agulha, e sim um discurso erudito sobre dar e receber, para que ela transmitisse ao filho antes de ir ao templo.

OS SETE EUS

Na hora mais silenciosa da noite, quando estou semiadormecido, meus sete eus se reúnem e conversam em sussurros:

Primeiro Eu: Aqui, dentro deste louco, residi todos esses anos, sem nada a fazer a não ser renovar seu sofrimento de dia e recriar sua tristeza à noite. Não consigo mais suportar esse destino, por isso agora me rebelo.

Segundo Eu: O seu é muito melhor do que o meu, irmão, pois me coube ser o eu alegre deste louco. Eu impulsiono seu riso e canto em seus momentos felizes, e danço com pés alados para dar voo a seus pensamentos mais otimistas. Sou eu quem deveria me rebelar contra essa existência exaustiva.

Terceiro Eu: E quanto a mim, o eu motivado pelo amor, a chama de paixões desvairadas e desejos fantasiosos? Sou eu, o afetado pelo amor, quem deveria se rebelar contra este louco.

Quarto Eu: Entre todos vocês, sou o mais infeliz, pois de nada disponho além da raiva odiosa e da aversão destrutiva. Sou eu, o tempestuoso, o que nasceu nas profundezas das trevas do Inferno, quem deve protestar contra servir a este louco.

Quinto Eu: Não, sou eu, o pensador, o imaginativo, o faminto e sedento, o condenado a vagar sem descanso em busca do desconhecido e do que não foi criado; sou eu, não vocês, quem deve se rebelar.

Sexto Eu: E eu, o trabalhador, o consumido pelo labor, que com mãos pacientes e olhos desejosos elabora imagens e dá a elementos intangíveis um formato novo e eterno – sou eu, o solitário, quem deveria se rebelar contra este homem inquieto.

Sétimo Eu: Que estranho vocês todos se rebelarem contra este homem, porque cada um tem um destino predefinido a cumprir. Ah! Eu poderia ser como vocês, e ter um papel determinado! Mas não tenho nenhum, sou o eu ocioso, o que fica imóvel em meio a um nada silencioso e vazio enquanto vocês estão ocupados recriando a vida. São vocês ou eu, vizinhos, quem deve se rebelar?

Quando o sétimo eu se manifestou, os outros seis o encararam com piedade e não disseram nada mais; e, quando a noite se tornou mais profunda, um após o outro caiu no sono, imbuídos de uma submissão renovada e feliz.

Mas o sétimo eu continuou observando e mirando o nada, que existe por trás de todas as coisas.

GUERRA

Certa noite um banquete foi oferecido no palácio, um homem apareceu e se prostrou diante do príncipe, e todos os convivas o contemplaram; e viram que um de seus olhos fora arrancado, e que a órbita vazia sangrava. E o príncipe questionou: "O que aconteceu com você?". E o homem respondeu: "Oh, príncipe, sou ladrão por profissão, e esta noite, como não havia luar, fui roubar a casa do cambista e, quando pulei a janela, cometi um engano e entrei na tecelagem, e no escuro esbarrei no tear e meu olho foi arrancado. E agora, ó príncipe, peço justiça contra o tecelão".

O príncipe mandou vir o tecelão, e foi decretado que um de seus olhos teria que ser arrancado.

"Oh, príncipe", disse o tecelão, "a sentença é justa. É correto que um dos meus olhos seja arrancado. Mas infelizmente ambos me são necessários para que eu possa ver os dois lados do tecido que estou fiando. Porém, tenho um vizinho, um sapateiro, que também tem dois olhos, e para seu ofício não são necessários os dois olhos."

Então o príncipe mandou chamar o sapateiro. E ele foi. E um dos seus dois olhos foi arrancado.

E assim a justiça foi feita.

A RAPOSA

Uma raposa olhou para sua sombra ao nascer do sol e falou: "Almoçarei um camelo hoje". E por toda a manhã ela vagou à procura de camelos. Mas ao meio-dia viu sua sombra outra vez – e então disse: "Um camundongo já me basta".

O REI SÁBIO

Houve em certa ocasião na distante cidade de Wirani um rei que era poderoso e também sábio. Era temido por sua força e amado por sua sabedoria.

No coração dessa cidade havia um poço com água fresca e cristalina, do qual todos os habitantes bebiam, inclusive o rei e sua corte; pois não havia outra fonte.

Em uma noite em que todos dormiam, uma bruxa entrou na cidade, despejou sete gotas de um líquido estranho no poço e disse: "De agora em diante quem beber dessa água enlouquecerá".

Na manhã seguinte todos os habitantes, com exceção do rei e seu lorde camareiro, beberam do poço e enlouqueceram, como a bruxa previra.

E, durante esse dia, pelas ruas estreitas e nas barracas dos mercados, as pessoas não fizeram nada além de sussurrar umas às outras: "O rei está louco. Nosso rei e seu lorde camareiro perderam a razão. Não podemos ser governados por um rei louco, de jeito nenhum. Precisamos derrubá-lo do trono".

Naquela noite o rei ordenou que um cálice de ouro fosse enchido com a água do poço. E quando lhe trouxeram deu um grande gole e entregou ao lorde camareiro para que fizesse o mesmo.

E houve uma grande celebração na distante cidade de Wirani, porque o rei e seu lorde camareiro tinham recobrado a razão.

AMBIÇÃO

Havia três homens à mesa de uma taverna. Um era tecelão, outro carpinteiro, e o terceiro lavrador.

O tecelão falou: "Vendi uma mortalha de linho fino hoje por duas peças de ouro. Vamos beber todo o vinho que quisermos".

"E eu", acrescentou o carpinteiro, "vendi meu melhor caixão. Vamos comer um belo assado com o vinho."

"Eu só cavei uma cova hoje", disse o lavrador, "mas meu patrão me pagou em dobro. Vamos comprar bolos de mel também."

E durante todo o início da noite a taverna esteve ocupada, pois eles pediram bastante vinho, e carne, e bolos. E estavam contentes.

E o taverneiro esfregou as mãos e sorriu para a esposa; pois os clientes estavam gastando à vontade.

Quando foram embora a lua já estava alta, e saíram à rua cantando e gritando juntos.

O taverneiro e a esposa os olhavam da porta da taverna.

"Ah", disse a esposa, "esses cavalheiros! Tão perdulários e alegres! Se pudessem nos trazer essa mesma sorte todos os dias! Assim nosso filho não precisaria trabalhar na taverna e pegar no pesado. Poderia ser educado para virar um sacerdote."

O NOVO PRAZER

Na noite passada inventei um novo prazer, e estava tendo minha primeira experiência quando um anjo e um demônio vieram correndo até a minha casa. Eles se encontraram à minha porta e começaram a discutir sobre meu novo prazer; um gritava: "É um pecado!" – o outro: "É uma virtude!".

O OUTRO IDIOMA

Três dias depois que nasci, quando estava deitado em meu berço de seda, observando com um desânimo aturdido o novo mundo ao meu redor, minha mãe perguntou para a ama de leite: "Como está meu filho?".

E a ama de leite respondeu: "Está bem, senhora, já o amamentei três vezes; e nunca antes vi um bebê tão alegre".

E eu fiquei indignado; e berrei: "Não é verdade, mãe; pois minha cama é dura, e o leite que mamei amarga em minha boca, e o odor desse peito apodrece em minhas narinas, e estou infelicíssimo".

Mas minha mãe não entendeu, nem a ama; pois o idioma que eu falava era do mundo do qual vim.

E, no meu 21º dia de vida, enquanto estava sendo batizado, o sacerdote falou para minha mãe: "Alegre-se, senhora, pois seu filho nasceu cristão".

E eu fiquei surpreso – e gritei ao sacerdote: "Então sua mãe no Céu deve estar infeliz, pois você não nasceu cristão".

Porém, o sacerdote também não entendia meu idioma.

E, depois de sete luas, certo dia um vidente olhou para mim e disse à minha mãe: "Seu filho vai ser um estadista e um grande líder dos homens".

Mas eu gritei: "Isso é uma falsa profecia; pois vou ser músico, e nada além de músico hei de ser".

Mas nessa idade meu idioma ainda não era compreendido – e senti uma enorme perplexidade.

E, depois de trinta e três anos, durante os quais minha mãe, a ama e o sacerdote morreram todos (que a sombra de Deus acalente seus espíritos), o vidente ainda é vivo. E ontem o encontrei no portão do templo; e enquanto conversávamos ele falou: "Sempre falei que você se tornaria um grande músico. Desde a infância profetizei e previ seu futuro".

E acreditei nele – pois hoje eu também já me esqueci do idioma daquele outro mundo.

A ROMÃ

Certa vez, quando eu vivia no interior de uma romã, escutei uma semente dizer: "Um dia me tornarei árvore, e o vento cantará nos meus galhos, e o sol dançará nas minhas folhas, e serei forte e linda em todas as estações".

Em seguida outra semente se manifestou e disse: "Quando eu era jovem como você, também alimentava tais visões; mas, agora que sei avaliar e mensurar as coisas, vejo que minhas esperanças eram vãs".

E uma terceira semente também falou: "Não vejo nada em nós que seja promessa de um grande futuro".

E uma quarta disse: "Mas que piada nossa vida seria sem um futuro melhor!".

Uma quinta entrou na conversa: "Por que discutir o que seremos, se não sabemos nem o que somos?".

Mas uma sexta retrucou: "O que quer que sejamos, continuaremos a ser".

E uma sétima falou: "Tenho uma ideia bastante clara de como as coisas serão, mas não consigo colocar em palavras".

Então uma oitava tomou a palavra – e uma nona – e uma décima – e depois várias das demais – até estarmos todas falando, sem conseguir distinguir as vozes umas das outras.

Nesse mesmo dia fui para o interior de um marmelo, onde as sementes são poucas e bem mais silenciosas.

AS DUAS JAULAS

No jardim do meu pai há duas jaulas. Em uma há um leão, que os escravos de meu pai trouxeram do deserto de Ninavah; na outra há um pardal que não canta.

Todos os dias o pardal diz ao leão: "Um bom dia para ti, irmão prisioneiro".

AS TRÊS FORMIGAS

Três formigas se encontraram no nariz de um homem que dormia sob o sol. Depois de saudarem umas às outras, de acordo com o costume de cada tribo, ficaram por lá conversando.

A primeira formiga disse: "Estas colinas e planícies são as mais áridas que já conheci. Procurei o dia todo por algum tipo de grão, e não há nada a encontrar".

A segunda formiga falou: "Eu também não encontrei nada, apesar de ter vasculhado cada reentrância e clareira. Acredito que este lugar seja aquilo que meu povo chama de terra leve e movediça onde nada cresce".

Foi quando a terceira ergueu a cabeça e se manifestou: "Minhas amigas, estamos neste momento sobre o nariz da Formiga Suprema, a Formiga poderosa e infinita, cujo corpo é tão grande que não podemos ver, cuja sombra é tão vasta que não conseguimos distinguir, cuja voz é tão alta que somos incapazes de ouvir; e Ela é onipresente".

Quando a terceira terminou de falar, as outras duas formigas se entreolharam e riram.

Nesse momento o homem se mexeu durante o sono, ergueu a mão, coçou o nariz, e as três formigas foram esmagadas.

O COVEIRO

Certa vez, quando estava enterrando um dos meus falecidos eus, o coveiro se aproximou e me falou: "De todos os que vêm aqui fazer seus enterros, você é o único de quem gosto".

Disse eu: "Isso me agrada muitíssimo, mas por que você gosta de mim?".

"Porque", ele explicou, "os outros chegam chorando e vão embora chorando – você é o único que chega rindo e vai embora rindo."

NOS DEGRAUS DO TEMPLO

Na noite passada, nos degraus de mármore do Templo, vi uma mulher sentada entre dois homens. Um lado de seu rosto estava pálido, e o outro, enrubescido.

A CIDADE ABENÇOADA

Na minha juventude me contaram sobre uma cidade em que todos viviam de acordo com as Escrituras.

E eu disse: "Vou procurar essa cidade e suas bênçãos". E era longe. E juntei muitas provisões para minha viagem. E depois de quarenta dias avistei a cidade e no 41º dia lá adentrei.

E – ora! – todo o conjunto de seus habitantes tinha apenas um dos olhos e uma das mãos. Fiquei perplexo e disse a mim mesmo: "As pessoas desta cidade sagrada só podem ter um olho e uma das mãos?".

Então notei que eles também estavam surpresos, pois observavam maravilhados minhas duas mãos e meus dois olhos. E enquanto conversavam entre si eu os inquiri: "Esta é de fato a Cidade Abençoada, em que todos vivem de acordo com as Escrituras?". E eles responderam: "Sim, é esta cidade mesmo".

"E o que", continuei eu, "recaiu sobre vocês, e onde estão seus olhos direitos e suas mãos direitas?"

E todas as pessoas pareceram comovidas. E disseram: "Venha ver".

E me levaram ao templo no centro da cidade. E no templo vi uma pilha de mãos e olhos. Todos em decomposição. Então falei: "Que horror! Qual foi o conquistador que cometeu essa crueldade com vocês?".

E um murmúrio percorreu os presentes. E um dos mais velhos deu um passo à frente e disse: "Fomos nós mesmos que fizemos isso. Deus nos tornou conquistadores do mal que reside em nós".

E ele me conduziu a um altar elevado, e todas as pessoas nos seguiram. Ele me mostrou uma inscrição gravada sobre o altar, e eu li:

"Se o teu olho direito te escandalizar, arranca-o e atira-o para longe de ti; pois te é melhor que se perca um dos teus membros do que seja todo o teu corpo lançado no inferno. E, se a tua mão direita te escandalizar, corta-a e atira-a para longe de ti, porque te é melhor que um dos teus membros se perca do que seja todo o teu corpo lançado no inferno."

Então eu entendi. E me virei para todas aquelas pessoas e gritei: "Nenhum homem entre vós tem os dois olhos ou as duas mãos?".

E eles me responderam: "Não, ninguém. Não há ninguém que esteja a salvo, a não ser aqueles que são jovens demais para ler a Escritura e entender seu mandamento".

E quando saímos do templo deixei imediatamente a Cidade Abençoada; pois eu não era jovem demais e sabia ler a escritura.

O DEUS BOM E O DEUS MAU

O Deus Bom e o Deus Mau se encontraram no alto da montanha.

O Deus Bom falou: "Bom dia, irmão".

O Deus Mau não respondeu.

E o Deus Bom comentou: "Você está de mau humor hoje".

"Sim", disse o Deus Mau, "pois ultimamente venho sendo confundido com frequência contigo, chamado pelo teu nome e tratado como se fosse tu, e isso me incomoda."

E o Deus Bom falou: "Mas eu também sou confundido com frequência contigo e chamado pelo teu nome".

O Deus Mau foi embora praguejando contra a estupidez dos homens.

DERROTA

Derrota, minha Derrota, minha solidão e meu distanciamento;
Você é mais preciosa para mim do que mil triunfos,
E mais cara ao meu coração que toda a glória do mundo.

Derrota, minha Derrota, meu autoconhecimento e meu desafio,
Através de você sei que ainda sou jovem e tenho agilidade nos pés
E não vou cair na armadilha dos louros da fama decadente.
E em você encontrei o isolamento
E a alegria de ser evitado e ridicularizado.

Derrota, minha Derrota, minha espada e meu escudo reluzentes,
Em seus olhos pude ler
Que ser entronado é ser escravizado,
E que ser compreendido é ser rebaixado,
E que ser entendido é chegar ao ponto de estar saciado
E como um fruto maduro cair e ser consumido.

Derrota, minha Derrota, minha audaciosa
 companheira,
Você ouve minhas canções e meus gritos e meus
 silêncios,
E ninguém além de você há de falar para mim
 sobre as batidas das asas,
E sobre o rugir dos mares,
E sobre as montanhas que queimam noite adentro,
E só você há de atingir o cume de minha alma
 íngreme e acidentada.

Derrota, minha Derrota, minha coragem imortal,
Você e eu riremos junto com a tempestade,
E juntos cavaremos covas para o que morrer
 dentro de nós,
E mostraremos nossa determinação sob o sol,
E seremos perigosos.

A NOITE E O LOUCO

"Eu sou como tu, ó, Noite, obscuro e desnudo; caminho sobre as chamas que pairam sobre meus devaneios, e onde meus pés tocam a terra surge um carvalho gigante."

"Não, tu não és como eu, ó, Louco, pois ainda olhas para trás para ver o tamanho da marca que deixaste na areia."

"Eu sou como tu, ó, Noite, silencioso e profundo, e no cerne da minha solidão jaz uma Deusa em trabalho de parto; e naquele que está nascendo o Céu toca o Inferno."

"Não, tu não és como eu, ó, Louco, pois estremeces diante da dor, e a canção do abismo te apavora."

"Eu sou como tu, ó, Noite, indomável e terrível; pois meus ouvidos estão povoados dos gritos de nações conquistadas e dos suspiros de terras esquecidas."

"Não, tu não és como eu, ó, Louco, pois ainda consideras teu minúsculo eu como um companheiro, e do teu imenso eu tu não podes ser amigo."

"Eu sou como tu, ó, Noite, cruel e temível; pois em meu peito queimam as chamas dos navios incendiados no mar, e meus lábios estão úmidos do sangue de guerreiros assassinados."

"Não, tu não és como eu, ó, Louco; pois o desejo de uma alma gêmea ainda reside em ti, e tu não chegaste a ser vil para ti mesmo."
"Eu sou como tu, ó, Noite, alegre e contente; pois aquele que habita em minha sombra se embriaga com o vinho das virgens, e aquela que me segue está pecando de bom grado."

"Não, tu não és como eu, ó, Louco, pois tua alma está envolvida em um véu de sete dobras e tu não levas o coração na mão."
"Eu sou como tu, ó, Noite, paciente e passional; pois em meu seio mil amantes mortos estão enterrados em mortalhas de beijos definhados."

"Ora, Louco, tu és como eu? Tu és como eu? E és capaz de cavalgar a tempestade como um cavalo selvagem e empunhar o relâmpago como uma espada?"
"Como tu, ó, Noite, como tu, poderosa e altíssima, e meu trono se ergue sobre pilhas de corpos de Deuses caídos; e diante de mim também desfilam os dias para beijar a bainha de minha vestimenta, mas sem jamais encarar meu rosto."

"És como eu, filho de meu coração mais tenebroso? E és capaz de compartilhar meus pensamentos indômitos e falar meu idioma vastíssimo?"
"Sim, somos gêmeos, ó, Noite; pois tu revelas o espaço e eu revelo minha alma."

ROSTOS

Vi um rosto com mil expressões, e um rosto com uma única expressão, como se tivesse saído de um molde.

Vi um rosto cujo brilho consegui enxergar sob a feiura aparente, e um rosto cujo brilho tive que remover para ver como era lindo.

Vi um rosto idoso muito enrugado que nada continha, e um rosto liso que trazia todas as coisas gravadas.

Eu conheço rostos, porque enxergo através da trama tecida pelos meus olhos, e vejo a realidade que existe por baixo.

O MAR MAIOR

Minha alma e eu fomos até o grande mar para um banho. E quando chegamos à costa procuramos por um lugar recluso e solitário.

Mas enquanto caminhávamos vimos um homem sentado em uma rocha cinzenta, pegando punhados de sal de um saco e atirando no mar.

"Esse é o pessimista", disse minha alma. "Vamos sair deste lugar. Não podemos tomar banho aqui."

Caminhamos até chegarmos a uma barra. Lá vimos, de pé sobre uma rocha branca, um homem segurando uma caixa cravejada de pedras preciosas, da qual apanhava açúcar e jogava no mar.

"E esse é o otimista", disse minha alma. "E ele também não pode ver nossos corpos nus."

Seguimos em frente. E na praia vimos um homem recolhendo peixes mortos e colocando cuidadosamente de volta na água.

"Não podemos nos banhar na frente dele", disse minha alma. "Ele é o filantropo humanista."

E continuamos andando.

E chegamos a um local onde vimos um homem traçando a silhueta de sua sombra na areia. As ondas vinham e apagavam tudo. Mas ele continuava fazendo a mesma coisa de novo e de novo.

"Ele é o místico", disse minha alma. "Vamos sair de perto dele."

E andamos mais, até que em uma enseada tranquila vimos um homem recolhendo a espuma e colocando em uma tigela de alabastro.

"Ele é o idealista", disse minha alma. "De forma nenhuma pode ver nossa nudez."

E seguimos caminhando. De repente ouvimos uma voz gritar: "Este é o mar. Este é o mar profundo. Este é o vasto e poderoso mar". E quando chegamos até a voz vimos um homem de costas para o mar, segurando uma concha contra a orelha, escutando o murmúrio que vinha lá de dentro.

E minha alma falou: "Vamos passar direto. Ele é o realista, que vira as costas para o todo que não consegue entender, e se ocupa de um fragmento".

Então passamos direto. E em um local tomado pelo mato perto das rochas havia um homem com a cabeça enterrada na areia. E eu disse para minha alma: "Podemos nos banhar aqui, pois ele não vai conseguir nos ver".

"Não", disse minha alma. "Pois ele é o mais mortal de todos. É o puritano."

Foi quando uma grande tristeza se abateu sobre o rosto de minha alma, e sobre sua voz.

"Vamos embora, então", ela disse, "pois não existe aqui nenhum lugar solitário e escondido onde possamos nos banhar. Não deixarei este vento varrer meus cabelos dourados, nem expor meu seio pálido a este ar, nem deixarei que a luz revele minha nudez sagrada."

Então abandonamos aquele mar à procura do Mar Maior.

CRUCIFICADO

Gritei para os homens: "Eu devo ser crucificado!".

E eles disseram: "Por que iríamos querer derramar teu sangue sobre nossas cabeças?".

E eu respondi: "Como vocês poderão ser exaltados a não ser crucificando um louco?".

E eles me deram ouvidos e fui crucificado. E a crucificação me apaziguou.

E quando fui pendurado entre a terra e o céu eles ergueram as cabeças para me ver. E foram exaltados, pois suas cabeças nunca tinham se erguido.

Mas continuaram me olhando, e um deles berrou: "Estás em busca de te redimires de quê?".

E outro gritou: "Por qual causa te sacrificas?".

E um terceiro falou: "Achas que este é o preço a pagar pela glória mundana?".

E um quarto se manifestou: "Vejam como ele sorri! Tamanha dor pode ser perdoada?".

E eu respondi a todos, dizendo:

"Lembrem-se apenas de que sorri. Não busco redenção – nem sacrifício – nem desejo a glória; e não tenho nada a perdoar. Senti sede – e implorei que me dessem de beber meu sangue. Pois o que pode matar a sede de um louco a não ser seu próprio sangue? Eu estava mudo – e pedi feridas a vocês para me servirem de boca. Estava aprisionado em seus dias e suas noites – e procurava uma porta para dias e noites mais amplos.

"E agora me vou – assim como os demais crucificados se foram. E não pensem que estamos cansados de crucificações. Pois devemos ser crucificados por homens cada vez maiores, entre terras e céus maiores."

O ASTRÔNOMO

Na sombra do templo meu amigo e eu vimos um cego sentado sozinho. E meu amigo falou: "Veja ali o homem mais sábio de nossa terra".

Então me afastei de meu amigo e fui até o cego para saudá-lo. E nós conversamos.

Depois de algum tempo falei: "Perdão pela pergunta; mas desde quando és cego?".

"Desde o nascimento", ele respondeu.

Disse eu: "E que caminho de sabedoria seguiste?".

Falou ele: "Eu sou astrônomo".

Em seguida pôs a mão no peito e disse: "Observo todos estes sóis, luas e estrelas".

O GRANDE QUERER

Aqui estou, entre meu irmão montanha e minha irmã mar.

Nós três somos um na solidão, e o amor que nos une é profundo, forte e estranho. Ou melhor, é mais profundo do que as profundezas de minha irmã e mais forte do que a fortaleza de meu irmão, e mais estranho do que a estranheza de minha loucura.

Éons após éons se passaram desde a primeira aurora cinzenta que nos tornou visíveis uns aos outros; e, apesar de termos visto o nascimento, a plenitude e a morte de muitos mundos, ainda somos vorazes e jovens.

Somos jovens e vorazes, mas somos solitários e isolados, e embora estejamos próximos não temos consolo. E que consolo existe no desejo controlado e na paixão reprimida? De onde virá o deus flamejante para aquecer o leito de minha irmã? E que tempestade há de aplacar as chamas de meu irmão? E quem é a mulher que vai comandar meu coração?

Na quietude da noite minha irmã murmura durante o sono o nome desconhecido do deus-fogo, e meu irmão evoca a fria e distante deusa. Mas eu desconheço quem chamo enquanto durmo.

Aqui estou, entre meu irmão montanha e minha irmã mar. Nós três somos um na solidão, e o amor que nos une é profundo, forte e estranho.

DISSE UMA FOLHA DE GRAMA

Disse uma folha de grama para uma folha de árvore no outono: "Que barulho você faz quando cai! Assim atrapalha todos os meus sonhos invernais".

A folha de árvore respondeu, indignada: "Sua coisinha rastejante, ranzinza e incapaz de cantar! Você não vive no alto e não sabe distinguir o som de uma canção".

Então a folha de árvore caiu sobre a terra e adormeceu. Quando chegou a primavera, despertou de novo – e estava transformada em uma folha de grama.

E quando era outono e seu sono invernal se aproximou, e mais acima todas as folhas de árvores caíram, ela murmurou consigo mesma: "Ah, essas folhas de outono! Que barulho elas fazem! Assim atrapalham todos os meus sonhos invernais".

O OLHO

Disse o Olho certo dia: "Vejo além destes vales uma montanha coberta de névoa azulada. Não é uma beleza?".

A Orelha escutou, e depois de se concentrar atentamente por um tempo disse: "Mas onde está a montanha? Não estou ouvindo".

Então a Mão se manifestou e falou: "Estou tentando em vão senti-la e tocá-la, e não consigo encontrar nenhuma montanha".

E o Nariz disse: "Não há montanha alguma. Não estou sentindo o cheiro".

Então o Olho se voltou para outro lugar, e todos começaram a falar sobre sua estranha ilusão. E eles disseram: "Deve haver algum problema com o Olho".

OS DOIS ERUDITOS

Certa vez houve dois eruditos na antiga cidade de Afkar, que se detestavam e desdenhavam dos conhecimentos um do outro. Pois um negava a existência dos deuses e o outro era um crente.

Um dia os dois se encontraram no mercado público, e entre seus seguidores começou uma disputa e uma discussão sobre a existência ou a inexistência dos deuses. E depois de horas de desentendimento eles partiram.

Naquela noite o descrente foi ao templo e se prostrou diante do altar e rezou aos deuses para perdoarem sua impropriedade pregressa.

E na mesma hora o outro erudito, aquele que exaltava os deuses, queimou seus livros sagrados. Pois ele se tornara um descrente.

QUANDO MINHA TRISTEZA NASCEU

Quando minha Tristeza nasceu eu a cultivei com carinho, e a acompanhei com uma ternura amorosa.

E minha Tristeza cresceu como todas as coisas vivas, forte e bonita e cheia de deleites incríveis.

E nós nos amávamos, minha Tristeza e eu, e nós amávamos o mundo ao redor; pois a Tristeza tem um coração generoso, e o meu era generoso com a Tristeza.

E quando conversávamos, minha Tristeza e eu, nossos dias eram alados e nossas noites eram adornadas de sonhos; pois a Tristeza tinha uma língua eloquente, e a minha era eloquente com a Tristeza.

E quando cantávamos juntos, minha Tristeza e eu, nossos vizinhos se sentavam à janela e escutavam; pois nossas canções eram profundas como o mar, e nossas melodias eram repletas de estranhas lembranças.

E quando caminhávamos juntos, minha Tristeza e eu, as pessoas nos observavam com olhares gentis e murmuravam palavras que transbordavam doçura. E havia aqueles que nos encaravam com inveja, pois a Tristeza era uma coisa nobre e eu demonstrava orgulho com a Tristeza.

Mas minha Tristeza morreu, como todas as criaturas vivas, e sozinho fui deixado para refletir e ponderar.

E agora quando falo minhas palavras pesam em meus ouvidos.

E quando canto minhas canções os vizinhos não vêm escutar.

E quando caminho pelas ruas ninguém me olha.

Apenas no sono escuto vozes piedosas dizendo: "Vejam, lá está o homem cuja Tristeza morreu".

E QUANDO MINHA ALEGRIA NASCEU

E quando minha Alegria nasceu, eu a tomei nos braços e subi ao telhado para gritar: "Venham, vizinhos, venham ver, pois neste dia a Alegria nasceu em mim. Venham contemplar esta criatura contente que gargalha sob o sol".

Porém nenhum de meus vizinhos veio ver minha Alegria, e minha perplexidade foi grande.

E todos os dias por sete luas proclamei minha Alegria do telhado de casa – mas ninguém me deu ouvidos. E minha Alegria e eu continuamos sozinhos, sem sermos vistos nem visitados.

Então minha Alegria empalideceu e se exauriu porque nenhum coração além do meu admirava sua graciosidade e nenhuma outra boca beijava seus lábios.

E minha Alegria morreu de solidão.

E agora só me recordo de minha Alegria morta ao pensar em minha Tristeza morta. Mas a lembrança é uma folha de outono que murmura por um tempo sob o vento e nunca mais é ouvida.

"O MUNDO PERFEITO"

Deus das almas perdidas, que estais perdido entre os deuses, escutai:

Destino gentil que olhais por nós, os loucos e os espíritos andarilhos, escutai:

Vivo em meio a uma raça perfeita, eu, o mais imperfeito.

Eu, um caos humano, uma nebulosa de elementos confusos, circulo entre mundos bem-acabados – pessoas com leis íntegras e seguidoras da ordem, cujos pensamentos são consolidados, cujos sonhos são ordenados e cujas visões são listadas e registradas.

Suas virtudes, ó, Deus, são contabilizadas, seus pecados são auferidos, e até as incontáveis coisas que ocorrem no lusco-fusco entre o pecado e a virtude são anotadas e catalogadas.

Aqui os dias e as noites são divididos em tempos predeterminados de conduta e governados com regras de uma precisão impecável.

Comer, beber, dormir, encobrir a nudez e então sentir-se esgotado no devido tempo.

Trabalhar, brincar, cantar, dançar e então repousar quando o relógio marcar a hora certa.

Pensar isso, sentir aquilo, e então deixar de pensar e sentir quando uma certa estrela se erguer no horizonte.

Roubar do próximo com um sorriso, distribuir presentes com gestos graciosos, elogiar com prudência, culpar com cautela, destruir uma alma com uma palavra, queimar um corpo com um sopro, e então lavar as mãos quando o trabalho do dia estiver terminado.

Amar de acordo com uma ordem estabelecida, estimular o melhor em si de uma maneira preestabelecida, idolatrar os deuses de forma apropriada, envolver os demônios em intrigas com esperteza – e então se esquecer de tudo como se a memória tivesse morrido.

Fantasiar com uma motivação em mente, contemplar com consideração, ser feliz com doçura, sofrer com nobreza – e então esvaziar o copo para que no dia seguinte possa ser cheio de novo.

Todas essas coisas, ó, Deus, são concebidas com premeditação, são paridas com determinação, nutridas com exatidão, governadas por regras, dirigidas pela razão e então exterminadas e enterradas de acordo com o método previsto. E mesmo suas tumbas silenciosas que jazem dentro da alma humana são marcadas e numeradas.

É um mundo perfeito, um mundo de excelência consumada, um mundo de maravilhas supremas, o fruto mais suculento do jardim divino, o pensamento orientador do universo.

Mas por que devo eu estar aqui, ó, Deus, uma semente verde de paixão não consumada, uma tempestade ensandecida que não se desloca nem para leste nem para oeste, um fragmento sem rumo de um planeta incendiado?

Por que estou aqui, ó, Deus das almas perdidas, que estais perdido entre os deuses?

Areia e espuma

Um livro de aforismos

Estou vagando para sempre nestas praias,
Entre a areia e a espuma.
A maré alta apagará minhas pegadas,
E o vento soprará a espuma.
Porém o mar e a praia permanecerão
Para sempre.

∾

Certa vez enchi minha mão de névoa.

Então abri e, ora, a névoa era uma minhoca.

E fechei e abri a mão de novo, e eis que havia ali um pássaro.

E de novo fechei e abri a mão, e nesse espaço surgiu um homem com o rosto triste virado para cima.

E de novo fechei a mão, e quando abri não havia nada além da névoa.

Mas ouvi uma canção que exalava doçura.

∾

Foi praticamente ontem que eu pensava em mim mesmo como um fragmento tremulando sem ritmo na esfera da vida.

Hoje sei que sou a esfera, e que toda a vida em fragmentos rítmicos se movimenta dentro de mim.

∾

Eles dizem para mim na vigília: "Você e o mundo que habita são apenas um grão de areia na praia infinita de um mar sem fim".

E em meu sonho digo a eles: "Eu sou o mar infinito, e todos os mundos são apenas grãos de areia em minha praia".

∾

Uma única vez fiquei mudo. Foi quando um homem me perguntou: "Quem é você?".

∾

O primeiro pensamento de Deus foi um anjo. A primeira palavra de Deus foi um homem.

∾

Éramos criaturas irrequietas, nômades e desejosas milhares e milhares de anos antes de o mar e o vento na floresta nos darem palavras.

Ora, como podemos expressar os mais antigos dos dias dentro nós apenas com os sons de nossos ontens?

∾

A Esfinge falou uma única vez, e a Esfinge disse: "Um grão de areia é um deserto, e um deserto é um grão de areia; e agora voltemos todos a ficar em silêncio".

Eu ouvi a Esfinge, mas não entendi.

∾

Certa vez vi o rosto de uma mulher, e contemplei todos os seus filhos ainda não nascidos.

E uma mulher olhou para o meu rosto, e conheceu todos os meus antepassados, mortos antes de seu nascimento.

∾

Agora devo me satisfazer plenamente. Mas como fazê-lo a não ser me tornando um planeta com vidas inteligentes como habitantes?

Não é esse o objetivo de todos os homens?

∾

Uma pérola é um templo construído pela dor ao redor de um grão de areia.

Que tipo de estrutura nosso corpo constrói em torno de que grãos?

❧

Quando Deus arremessou a mim, uma pedrinha, neste lago fantástico, agitei sua superfície com inúmeros círculos.

Mas quando cheguei nas profundezas caí na imobilidade total.

❧

Dê-me o silêncio e eu desafiarei a noite.

❧

Nasci pela segunda vez quando minha alma e meu corpo se apaixonaram e se casaram.

❧

Certa vez conheci um homem cujos ouvidos eram aguçadíssimos, mas ele era mudo. Havia perdido a língua em uma batalha.

Hoje sei quantas batalhas aquele homem enfrentou antes do grande silêncio. Fico contente por ele estar morto.

O mundo não é grande o bastante para nós dois.

∾

Por muito tempo fiquei deitado na areia do Egito, silencioso e indiferente às estações.

Então o sol me deu à luz, e me levantei e caminhei até as margens do Nilo.

Cantando com os dias e sonhando com as noites.

E agora o sol me persegue com mil pés para que eu possa me deitar de novo sobre a areia do Egito.

Mas eis uma façanha e um enigma!

O mesmo o sol que me juntou em uma só forma não pode me espalhar.

Ainda continuo ereto, e com firmeza no pé para continuar caminhando pelas margens do Nilo.

∾

A lembrança é uma forma de encontro.

∾

O esquecimento é uma forma de liberdade.

∾

Nós mensuramos o tempo de acordo com o movimento de incontáveis sóis; e eles medem o tempo com mecanismos minúsculos que levam nos bolsos.

Ora, me diga, como vamos nos encontrar no mesmo lugar ao mesmo tempo?

∽

O espaço não é o espaço entre a terra e o sol para aquele que olha das janelas da Via Láctea.

∽

A humanidade é um rio de luz que corre da ex-eternidade para a eternidade.

∽

Os espíritos que vivem no éter não invejam o homem e seu sofrimento?

∽

Em meu caminho para a Cidade Sagrada conheci outro peregrino e lhe perguntei: "Este é de fato o caminho para a Cidade Sagrada?".

E ele falou: "Venha comigo e chegará à Cidade Sagrada em um dia e uma noite".

E eu o segui. E caminhamos muitos dias e muitas noites, mas não chegamos à Cidade Sagrada.

E o que me surpreendeu foi que ele ficou muito irritado comigo por ter me conduzido pelo caminho errado.

༄

Tornai-me, ó Deus, a presa do leão, antes de Vós transformardes o coelho em minha presa.

༄

Não é possível chegar à aurora a não ser pelo caminho da noite.

༄

Minha casa me diz: "Não me abandone, pois seu passado reside aqui".

E a rua me diz: "Venha e siga meu caminho, pois eu sou seu futuro".

E eu digo para a estrada e para a rua: "Não tenho passado nem futuro. Se ficar aqui, minha permanência vai ter alguma coisa de partida; se for embora, minha partida vai ter alguma coisa de permanência. Só o amor e a morte são capazes de mudar tudo".

∾

Como posso perder a fé na justiça da vida, quando os sonhos daqueles que dormem sobre penas não são mais belos do que os sonhos daqueles que dormem sobre o chão de terra?

∾

Que estranho, o desejo de certos prazeres é uma parte de minha dor.

∾

Sete vezes desprezei minha alma:

A primeira vez quando a vi desanimada quanto a subir às alturas.

A segunda vez quando a vi mancando diante de um inválido.

A terceira vez quando ela teve que escolher entre o difícil e o fácil, e escolheu o fácil.

A quarta vez quando ela cometeu um erro, e se consolou com a ideia de que os outros também erravam.

A quinta vez quando deixou de agir por fraqueza, e atribuiu sua paciência à fortaleza.

A sexta vez quando ela desdenhou da feiura de um rosto, sem saber que era uma de suas próprias máscaras.

E a sétima vez quando ela cantou uma canção laudatória, e considerou isso uma virtude.

∞

Eu sou um ignorante da verdade absoluta. Mas sou humilde diante da minha ignorância, e é aí que reside minha honra e minha recompensa.

∞

Existe um espaço entre a imaginação do homem e as realizações do homem que só pode ser transposto através do querer.

∞

O paraíso é ali, atrás daquela porta, no cômodo ao lado; mas eu perdi a chave.

Ou talvez tenha só guardado no lugar errado.

∞

Você é cego e eu sou surdo-mudo, então vamos dar as mãos e entender.

∾

A importância do homem não está no que ele obtém, mas no que ele anseia obter.

∾

Alguns de nós são como tinta e alguns como papel.
E, se não fosse pelo negrume de alguns de nós, alguns de nós seriam mudos;
E, se não fosse pela brancura de alguns de nós, alguns de nós seriam cegos.

∾

Conceda-me uma orelha e lhe dou uma voz.

∾

Nossa mente é uma esponja; nosso coração é uma correnteza.
Não é estranho que a maioria de nós prefira sugar em vez de correr?

∾

Quando você anseia por bênçãos que não sabe nomear, e quando lamenta sem saber a causa, então está de fato crescendo junto com todas as criaturas que crescem, e expandindo-se na direção de seu eu maior.

∽

Quando a pessoa está inebriada com uma visão, considera essa expressão débil como se fosse o próprio vinho.

∽

Você bebe o vinho que pode embriagar; e eu bebo o que pode me tornar sóbrio desse outro vinho.

∽

Quando meu copo se esvazia eu me conformo com o fato de estar vazio; mas quando está pela metade lamento por não estar totalmente cheio.

∽

A realidade da outra pessoa não está no que ela revela para você, mas no que não pode revelar.
Portanto, se quiser entendê-la, escute não o que ela diz, mas sim o que ela não diz.

Metade do que digo não significa nada; mas digo mesmo assim para que a outra metade possa chegar até você.

∾

Um senso de humor é um senso de proporção.

∾

Minha solidão nasceu quando os homens elogiaram meus defeitos eloquentes e condenaram minhas virtudes silenciosas.

∾

Quando a Vida não encontra um cantor para cantar o que se passa em seu coração, ela produz um filósofo para dizer o que se passa em sua mente.

∾

A verdade é para ser sempre conhecida, e às vezes proferida.

∾

O real dentro de nós é silencioso; o adquirido é tagarela.

∾

A voz da vida dentro de mim não é capaz de encontrar o ouvido da vida dentro de você; mas vamos conversar para não nos sentirmos solitários.

∾

Quando duas mulheres conversam não dizem nada; quando uma mulher fala revela o todo da vida.

∾

As rãs podem berrar mais alto do que os touros, mas não são capazes de puxar o arado nos campos, nem de mover a roda da prensa, e com suas peles não é possível fazer sapatos.

∾

Apenas os mudos invejam os tagarelas.

∾

Se o inverno dissesse "A primavera está em meu coração", quem acreditaria no inverno?

∽

Toda semente é um querer.

∽

Se realmente abrisse os olhos e enxergasse, você contemplaria sua imagem em todas as imagens.
E se abrisse os ouvidos e escutasse, você ouviria sua própria voz em todas as vozes.

∽

São necessários dois de nós para descobrir a verdade: um para proferi-la e outro para entendê-la.

∽

Embora a onda das palavras esteja sempre sobre nós, nosso interior mais profundo está sempre em silêncio.

∽

Muitas doutrinas são como janelas de vidro. Vemos a verdade através delas, mas são uma barreira entre nós e a verdade.

∾

Agora vamos brincar de esconder. Caso se esconda em meu coração, não será difícil encontrar você. Mas caso se esconda em sua própria concha é inútil para qualquer um procurar.

∾

Um sorriso pode funcionar como um véu no rosto de uma mulher.

∾

Quanta nobreza há em um coração triste que se dispõe a cantar canções alegres junto com corações alegres.

∾

Aquele capaz de entender uma mulher, ou de dissecar o gênio, ou de resolver o mistério do silêncio seria o homem que poderia despertar de um lindo sonho para se sentar à mesa do café da manhã.

∾

Prefiro caminhar com aqueles que caminham. Não sou de ficar parado vendo a procissão passar.

∾

Você deve mais do que ouro àquele que lhe serve. Dê seu coração a ele, ou lhe sirva em retribuição.

∾

Não, nós não vivemos em vão. Acaso torres não foram construídas com nossos ossos?

∾

Não vamos ser específicos e fragmentários. A mente do poeta e a cauda do escorpião se erguem em sua glória da mesma terra.

∾

Todo dragão dá à luz o São Jorge que vai matá-lo.

∾

Árvores são poemas que a terra escreve no céu. Nós as derrubamos e as transformamos em papel para registrar nosso vazio.

∾

Se você quer se dar o trabalho de escrever (e só os santos entendem por que faria isso), deve ter conhecimento, arte e magia – o conhecimento da música das palavras, a arte de não exibir nenhuma arte e a magia de amar seus leitores.

∾

Eles mergulham a pena em nossos corações e se acham inspirados.

∾

Se uma árvore escrevesse sua autobiografia não seria muito diferente da história de uma raça.

∾

Se tivesse que escolher entre o poder de escrever o poema e o êxtase de um poema não escrito, eu escolheria o êxtase. É uma poesia melhor.
Mas você e todas as pessoas próximas de mim concordam que sempre escolho mal.

∾

A poesia não é uma opinião expressada. É uma canção que surge de uma ferida ensanguentada ou de uma boca sorridente.

∾

As palavras são atemporais. É preciso pronunciá-las ou escrevê-las com a consciência de sua atemporalidade.

∾

Um poeta é um rei destronado em meio às cinzas de seu palácio, tentando moldar uma imagem a partir do pó.

∾

A poesia é uma lida de alegria, sofrimento e encanto, com uma pitada de dicionário.

∾

É vã a procura do poeta pela mãe das canções em seu coração.

∾

Uma vez eu disse a um poeta: "Não saberemos seu valor até que você morra".

E ele respondeu dizendo: "Sim, a morte é sempre reveladora. E se de fato vocês descobrirem meu valor é porque tenho mais no coração do que na língua, e mais em meu desejo do que em minha mão".

∽

Se você cantar a beleza, mesmo sozinho no coração do deserto terá uma plateia.

∽

A poesia é uma sabedoria que encanta o coração.

A sabedoria é uma poesia que canta para a mente.

Se pudéssemos encantar o coração do homem e ao mesmo tempo cantar em sua mente,

Assim na verdade estaríamos vivendo na sombra de Deus.

∽

A inspiração sempre vai cantar; a inspiração nunca vai explicar.

∾

Muitas vezes cantamos canções de ninar para nossos filhos para que nós possamos dormir.

∾

Todas as nossas palavras não passam de migalhas que caem da mesa do banquete da mente.

∾

O pensamento é sempre uma pedra no caminho da poesia.

∾

Um grande cantor é aquele que canta nossos silêncios.

∾

Como cantar se sua boca está cheia de comida? Como sua mão pode ser erguida para a bênção se está carregada de ouro?

∾

Dizem que o rouxinol perfura o peito com um espinho quando entoa sua canção de amor.

Assim como todos nós. Como cantaríamos se não assim?

∾

A genialidade não passa do canto de um tordo no início de uma lenta primavera.

∾

Nem mesmo o espírito mais alado consegue escapar da necessidade física.

∾

Um louco não é menos músico do que eu ou você; a questão é que o instrumento que ele toca está meio desafinado.

∾

A canção que jaz em silêncio no coração de uma mãe é entoada pelos lábios de seu filho.

∾

Nenhum querer permanece insaciado.

∽

Nunca concordei integralmente com meu outro eu. A verdade objetiva parece estar entre mim e ele.

∽

Seu outro eu sempre lamenta por você. Mas seu outro eu se nutre do lamento; então está tudo bem.

∽

Não existe luta da alma contra o corpo a não ser na mente daqueles cujas almas estão adormecidas e cujos corpos estão fora de prumo.

∽

Quando você chegar ao coração da vida descobrirá beleza em todas as coisas, inclusive nos olhos que são cegos para a beleza.

∽

Vivemos apenas para descobrir a beleza. Todo o resto é uma espécie de espera.

∽

Plante uma semente e a terra lhe dará uma flor. Direcione seu sonho ao céu e receberá a pessoa amada.

∽

O diabo morreu no mesmo dia em que você nasceu.
Agora você não precisa passar pelo inferno para encontrar um anjo.

∽

Muitas mulheres pegam emprestado o coração de um homem; pouquíssimas são capazes de tê-lo para si.

∽

Se você quer ter não deve reivindicar.

∽

Quando a mão de um homem segura a de uma mulher ambos tocam o coração da eternidade.

∽

O amor é o véu entre aqueles que se amam.

∽

Todo homem ama duas mulheres; uma é fruto de sua imaginação, e a outra ainda não nasceu.

∽

Os homens que não perdoam as mulheres por seus pequenos defeitos nunca vão apreciar suas grandes virtudes.

∽

O amor que não se renova se torna um hábito e portanto uma escravidão.

∽

Os amantes abraçam o que está entre eles, mais do que um ao outro.

∽

O amor e a dúvida nunca dialogaram.

∞

O amor é uma palavra de luz, escrita por uma mão de luz, em uma página de luz.

∞

A amizade é sempre uma doce responsabilidade, nunca uma oportunidade.

∞

Se você não entende seu amigo sob qualquer condição não vai entendê-lo nunca.

∞

Seu traje mais radiante é fruto do trabalho de confecção de outra pessoa;
Sua refeição mais saborosa é aquela que você come na mesa de outra pessoa;
Sua cama mais confortável é a que está na casa de outra pessoa;
Agora me diga: como você consegue se sentir alheio às outras pessoas?

∞

Sua mente e meu coração nunca vão concordar até sua mente deixar de viver nos números e meu coração, na névoa.

∾

Nunca vamos entender um ao outro a não ser reduzindo a linguagem a sete palavras.

∾

Como romper o selo do meu coração a não ser quebrando-o?

∾

Só uma grande tristeza ou uma grande alegria podem revelar sua verdade.
Se quiser ser revelado você precisa dançar sem roupa sob o sol ou então carregar sua cruz.

∾

Se a natureza desse ouvidos ao que dizemos sobre contentamento nenhum rio correria para o mar, e nenhum inverno se tornaria Primavera. E se ela desse ouvidos ao que dizemos sobre economizar, quantos de nós estaríamos respirando este mesmo ar?

∾

Você vê apenas sua sombra quando está com as costas viradas para o sol.

∾

Você é livre perante o sol do dia, e livre perante as estrelas da noite;

E você é livre quando não há sol, nem luar, nem estrelas.

É livre inclusive quando fecha os olhos para tudo o que existe.

Mas é escravo daquele que ama por amá-lo,

E escravo daquele que o ama por ser amado.

∾

Somos todos mendigos nos portões do templo, e cada um de nós recebe sua porção da riqueza do Rei quando ele entra e sai do templo.

Mas temos inveja um do outro, o que é uma outra forma de diminuir o Rei.

∾

Você não pode consumir nada além de seu apetite. A outra metade do pão pertence ao outro, e deve sobrar um pouco para um visitante ocasional.

∾

Se não fossem os visitantes nossas casas seriam túmulos.

∾

Disse um lobo gracioso para uma simples ovelha: "Você não vai honrar nossa casa com uma visita?".

E a ovelha respondeu: "Nós teríamos feito a honra de uma visita se a casa em questão não fosse seu estômago".

∾

Parei meu visitante na soleira da porta e falei: "Não, limpe seus pés ao sair, não ao entrar".

∾

Generosidade não é me dar aquilo de que eu preciso mais do que você, mas me dar aquilo de que você precisa mais do que eu.

∾

Você só faz caridade de fato se quando doar, e enquanto estiver doando, virar o rosto para não ver a timidez de quem recebe.

A diferença entre o homem mais rico e o mais pobre se desfaz em um dia de fome e uma hora de sede.

∾

Muitas vezes pegamos empréstimo de nossos amanhãs para pagar as dívidas de nossos ontens.

∾

Eu também sou visitado por anjos e demônios, mas me livro deles.
Quando é um anjo rezo uma oração antiga, e ele se entedia;
Quando é um demônio cometo um pecado antigo, e ele se desinteressa.

∾

Afinal esta não é uma prisão tão ruim; mas não gosto da parede entre minha cela e a do prisioneiro ao lado;
Mas garanto que não é minha intenção criticar o carcereiro nem o Diretor da prisão.

∾

Aqueles que lhe dão uma serpente quando você pede um peixe podem não ter nada além disso a oferecer. Portanto é um ato de generosidade da parte deles.

∞

A enganação é bem-sucedida às vezes, mas sempre comete suicídio.

∞

Você só perdoa de verdade quando concede perdão a assassinos que nunca derramam sangue, ladrões que nunca roubam e mentirosos que não pronunciam nada que seja falso.

∞

O homem que é capaz de apontar o dedo para aquilo que separa o bem do mal consegue tocar a bainha das vestes de Deus.

∞

Se o seu coração é um vulcão, como espera que brotem flores em suas mãos?

∞

Uma estranha forma de autoindulgência! Há momentos em que sou enganado e trapaceado em que posso rir às custas daqueles que pensam que não sei que estou sendo enganado e trapaceado.

∾

O que dizer do perseguidor que faz papel de perseguido?

∾

Deixe que aquele que limpar as mãos sujas em suas vestes fique com suas vestes. Ele pode precisar de novo; você com certeza não.

∾

É uma pena que os cambistas não sirvam para ser bons jardineiros.

∾

Por favor, não encubra seus defeitos inerentes com suas virtudes adquiridas. Eu prefiro os defeitos; eles são meus de verdade.

∾

Com muita frequência atribuí a mim crimes que nunca cometi, para que a outra pessoa se sentisse confortável em minha presença.

∞

Até as máscaras da vida são máscaras de mistérios mais profundos.

∞

Você pode julgar os outros apenas de acordo com seu conhecimento sobre si.
Agora me diga: quem entre nós é culpado e quem entre nós não tem culpa?

∞

O verdadeiro justo é aquele que se sente culpado na mesma medida quando você comete um mau ato.

∞

Só um idiota e um gênio infringem a lei feita pelo homem; e eles são os mais próximos do coração de Deus.

∞

Somente quando é perseguido você se torna ágil.

∾

Não tenho inimigos, ó, Deus, mas se é para ter um inimigo
Que a força dele seja equivalente à minha,
E assim só a verdade sairá vitoriosa.

∾

Você vai conviver bem com seu inimigo quando ambos estiverem mortos.

∾

Talvez seja possível para um homem cometer suicídio como autodefesa.

∾

Muito tempo atrás viveu um Homem que foi crucificado por amar demais e ser amado demais.
E por mais estranho que seja relatar isso eu O encontrei três vezes ontem.
Na primeira vez Ele estava pedindo a um policial para não prender uma prostituta; na segunda vez Ele estava bebendo vinho com um

proscrito; e na terceira vez Ele estava trocando socos com um agitador dentro de uma igreja.

∾

Se tudo o que dizem sobre bem e mal for verdade, minha vida não passa de um longo crime.

∾

A piedade é apenas meia justiça.

∾

O único que tem sido injusto comigo é aquele com cujo irmão eu tenho sido injusto.

∾

Quando vê um homem sendo preso, você diz em seu coração: "Talvez ele esteja escapando de uma prisão mais estreita".

E quando vê um homem embriagado, você diz em seu coração: "Talvez ele esteja querendo escapar de algo ainda mais feio".

∾

Muitas vezes odiei como mecanismo de autodefesa; porém se eu fosse mais forte não teria me valido de tal arma.

∾

Como é estúpido aquele que disfarça o ódio nos olhos com um sorriso nos lábios.

∾

Só aqueles que estão abaixo de mim podem me invejar ou me odiar.
Nunca fui invejado nem odiado; não estou acima de ninguém.
Só aqueles que estão acima de mim podem me elogiar ou me diminuir.
Nunca fui elogiado nem diminuído; não estou abaixo de ninguém.

∾

Vir me dizer "Não te entendo" é um elogio maior do que eu mereço, e um insulto que você não merece.

∾

Qual é a dimensão de minha maldade quando a vida me dá ouro e eu lhe dou prata, e ainda assim me considero generoso?

∾

Quando chegar ao coração da vida, você não vai se encontrar acima do criminoso, nem abaixo do profeta.

∾

Que estranho você ter pena de quem é lento nos pés e não na mente,
E do cego dos olhos e não do coração.

∾

É mais sábio da parte do manco não quebrar sua muleta na cabeça de seu inimigo.

∾

Qual é a medida da cegueira daquele que tira coisas do bolso para dar quando pode tirar do coração?

∾

A vida é uma procissão. Quem tem os pés lentos a considera acelerada demais e a abandona;

E quem tem os pés acelerados a considera lenta demais e também a abandona.

∞

Se existir mesmo essa coisa de pecado, alguns de nós o cometemos retroativamente seguindo os passos de nossos ancestrais;

E alguns de nós o cometemos de antemão condicionando nossas crianças.

∞

O verdadeiro bom é aquele que anda com todos os que são considerados maus.

∞

Somos todos prisioneiros, mas alguns de nós estão em celas com janelas e outros sem.

∞

Que estranho defendermos nossos malfeitos com mais vigor do que executamos nossas boas ações.

∽

Se confessássemos nossos pecados uns para os outros cairíamos na risada por nossa falta de originalidade.

Se revelássemos nossas virtudes aconteceria o mesmo, pelo mesmo motivo.

∽

O indivíduo está acima das leis criadas pelos homens até cometer um crime contra as convenções criadas pelos homens;

Depois disso já não está acima nem abaixo de ninguém.

∽

O governo é um acordo de concordância entre você e eu. Você e eu muitas vezes estamos errados.

∽

O crime é outro nome da necessidade ou então um sintoma de uma doença.

∽

Existe maior defeito do que ter consciência do defeito do outro?

∾

Se o outro rir de você, é possível sentir pena dele; mas se você rir dele pode jamais conseguir se perdoar.

Se o outro ofender você, é possível esquecer a injúria; mas se você o ofender sempre vai se lembrar.

Na verdade o outro é seu eu mais sensível, alojado em outro corpo.

∾

Você mostra o tamanho de sua falta de consideração quando pode fazer os homens voarem com suas asas e não é capaz nem de lhes dar uma simples pena.

∾

Certa vez um homem se sentou à minha mesa, comeu de meu pão, bebeu de meu vinho e foi embora rindo de mim.

Em seguida voltou em busca de pão e vinho, e eu o desprezei.

Então foram os anjos que riram de mim.

∾

O ódio é uma coisa morta. Quem de vocês quer estar em uma tumba?

∾

É uma honra para o assassinado não ser ele o assassino.

∾

A tribuna da humanidade se localiza em seu coração silencioso, nunca em sua mente tagarela.

∾

Consideram-me louco porque me recuso a vender meus dias por ouro;
E eu os considero loucos por acharem que meus dias têm preço.

∾

Eles esparramam diante de nós suas riquezas em ouro e prata, em marfim e ébano, e nós esparramamos diante deles nossos corações e espíritos;
E ainda assim consideram-se os anfitriões, e nós, os hóspedes.

༄

Antes não ser o último dentre os homens com sonhos e o desejo de realizá-los, do que ser o maior, sem sonhos e sem desejos.

༄

O mais digno de pena entre os homens é aquele que transforma seus sonhos em prata e ouro.

༄

Estamos todos escalando em direção ao cume do desejo de nossos corações. Se o outro roubar sua mochila e sua bolsa e engordar com uma e aumentar a carga com a outra, você deve ter pena dele;

A escalada vai ser mais difícil para ele, e o fardo do peso extra vai tornar o caminho mais longo.

E em sua leveza você deve observar a carcaça ofegante dele caminho acima e ajudá-lo no passo seguinte; isso tornará você mais ágil.

༄

Você não pode julgar nenhum homem além do que conhece dele, e considerando a limitação de seu conhecimento.

∽

Eu não ouviria um conquistador que prega para um conquistado.

∽

O homem verdadeiramente livre é aquele que suporta o peso de seu grilhão com paciência.

∽

Mil anos atrás meu vizinho me disse: "Eu odeio a vida, pois não passa de um motivo para sofrimento".

E ontem passei por um cemitério e vi a vida dançando sobre a tumba dele.

∽

Na natureza, o conflito é apenas a desordem procurando pela ordem.

∽

A solidão é uma tempestade de silêncio que derruba todos os nossos galhos mortos;

Mas por outro lado aprofunda ainda mais nossas raízes no coração da terra viva.

∽

Certa vez falei do mar para um riacho, e o riacho me considerou apenas um exagerado com muita imaginação;

E certa vez falei de um riacho com o mar, e o mar me considerou apenas um difamador com forte tendência à depreciação.

∽

Como é estreita a visão de quem exalta o labor da formiga acima da cantoria do gafanhoto.

∽

A mais alta das virtudes daqui pode ser a menor delas em outro mundo.

∽

O profundo e o elevado buscam a profundidade ou a elevação em linha reta; apenas o amplo pode se mover em círculos.

∾

Se não fosse por nossas concepções em pesos e medidas nós ficaríamos tão estupefatos com a libélula como ficamos com o sol.

∾

Um cientista sem imaginação é um açougueiro com facas cegas e balanças desajustadas.
Mas o que fazer, se não somos todos vegetarianos?

∾

Quando você canta os famintos ouvem com o estômago.

∾

A morte não está mais próxima para o idoso do que para o recém-nascido; nem a vida.

∾

Se de fato você precisa ser franco, faça isso com beleza; caso contrário mantenha o silêncio, pois há um homem por perto que está morrendo.

∾

Talvez um funeral para os homens seja um banquete de casamento para os anjos.

∾

Uma realidade esquecida pode morrer e deixar em seu testamento sete mil feitos e fatos a serem gastos em seu funeral e na construção de uma tumba.

∾

Na verdade conversamos apenas com nós mesmos, mas às vezes falamos alto o bastante para os outros ouvirem.

∾

O óbvio é aquilo que nunca foi visto até que alguém o expressasse com simplicidade.

∾

Se a Via Láctea não estivesse dentro de mim, como que a teria visto e a conhecido?

∾

A não ser que eu seja um físico entre físicos eles não vão acreditar que sou um astrônomo.

∽

Talvez a definição do mar sobre uma concha seja a pérola.
Talvez a definição do tempo sobre o carvão seja o diamante.

∽

A fama é a sombra da paixão exposta à luz.

∽

Uma raiz é uma flor que despreza a fama.

∽

Não existe religião nem ciência acima da beleza.

∽

Todo grande homem que conheci tinha alguma coisa pequena em sua constituição; e era essa coisinha pequena que impedia a inatividade, ou a loucura, ou o suicídio.

O homem verdadeiramente grande é aquele que não domina ninguém, e que não é dominado por ninguém.

Não acreditaria que o homem é medíocre simplesmente porque ele mata os criminosos e os profetas.

A tolerância é o amor acometido pela doença do esnobismo.

Os vermes sempre voltam; mas não é estranho que até os elefantes acabem se rendendo a eles?

Um desentendimento pode ser o atalho mais curto entre duas mentes.

Eu sou a chama e sou o mato seco, e uma parte de mim consome a outra.

୬

Estamos todos procurando o cume da montanha sagrada; mas nosso caminho não há de ser mais curto se considerarmos o passado um mapa e não um guia?

୬

A sabedoria deixa de ser sabedoria quando se torna orgulhosa demais para lamentar, séria demais para rir, e autocentrada demais para buscar qualquer outra coisa que não seja a si mesma.

୬

Se eu me satisfizer com tudo o que sei, que espaço vai restar para tudo aquilo que não sei?

୬

Aprendi o silêncio com os tagarelas, a tolerância com os intolerantes, e a gentileza com os grosseiros; por mais estranho que pareça, não sou grato a esses professores.

∾

Um fanático é um orador surdo como uma pedra.

∾

O silêncio do invejoso é ruidoso demais.

∾

Quando você chega ao fim daquilo que deve saber, encontra-se no início daquilo que deve sentir.

∾

Um exagero é uma verdade que não conseguiu moderar seu ânimo.

∾

Se você consegue ver apenas o que a luz revela e ouvir somente o que o som anuncia,
Então na verdade você não vê, nem ouve.

∾

Um fato é uma verdade castrada.

∽

Não é possível rir e ser severo ao mesmo tempo.

∽

Aqueles mais caros ao meu coração são um rei sem um reino e um pobre que não sabe mendigar.

∽

Um fracasso tímido é mais nobre que um sucesso imodesto.

∽

Escave a terra em qualquer lugar e encontrará um tesouro, mas apenas se cavar com a fé de um camponês.

∽

Disse uma raposa caçada por vinte homens a cavalo e uma matilha de vinte cães: "Eles vão me matar, sem dúvida. Mas como devem ser simplórios e estúpidos. Com certeza mobilizar vinte raposas montadas sobre vinte asnos, e acompanhadas de vinte lobos, não valeria o esforço de matar um único homem".

∽

É nossa mente que nos faz ceder às leis feitas por nós, mas nunca o espírito que reside em nós.

∽

Um viajante sou, e um navegador, e todos os dias descubro uma nova região de minha alma.

∽

Uma mulher protestou dizendo: "Claro que era uma guerra justa. Meu filho tombou nela".

∽

Eu disse para a Vida: "Gostaria de ouvir a Morte falar".
E a Vida elevou a voz um pouco mais e disse: "Está ouvindo agora mesmo".

∽

Quando tiver resolvido todos os mistérios da vida, você passa a desejar a morte, que não passa de mais um mistério da vida.

∾

O nascimento e a morte são as duas mais nobres expressões da coragem.

∾

Meu amigo, você e eu vamos permanecer desconhecidos para a vida,
E um para o outro, e para nós mesmos,
Até o dia em que você falar e eu ouvir
Considerando sua voz como minha própria voz;
E quando eu me colocar diante de você
E imaginar que estou me colocando diante do espelho.

∾

Dizem para mim: "Se conseguir conhecer a si mesmo conhecerá todos os homens".
E eu respondo: "Apenas quando me volto para todos os homens eu conheço a mim mesmo".

∾

O homem é dois homens; um acordado na escuridão, o outro adormecido sob a luz.

∾

Um eremita é aquele que renuncia ao mundo fragmentado para poder desfrutar do mundo como um todo e sem interrupções.

∾

Existe um campo verdejante entre o estudioso e o poeta; se o estudioso atravessá-lo se tornará um sábio; se o poeta cruzá-lo se tornará um profeta.

∾

Ontem vi filósofos no mercado público carregando suas cabeças em cestos e gritando em altos brados: "Sabedoria! Sabedoria à venda!".

Pobres filósofos! Precisam vender a cabeça para alimentar o coração.

∾

Disse um filósofo a um varredor de rua: "Sinto pena de você. Seu trabalho é árduo e sujo".

E o varredor de rua respondeu: "Obrigado, meu senhor. Mas poderia me dizer qual é o seu trabalho?".

E o filósofo respondeu dizendo: "Eu estudo a mente do homem, seus feitos e seus desejos".

O varredor de rua então voltou a varrer e disse com um sorriso: "Eu também sinto pena de você".

∽

Aquele que ouve a verdade não é inferior àquele que a pronuncia.

∽

Homem nenhum é capaz de traçar uma linha entre necessidades e luxos. Apenas os anjos podem fazer isso, e os anjos são sábios e meditativos.

Talvez os anjos sejam nossos melhores pensamentos materializados no espaço.

∽

O verdadeiro príncipe é o que encontra seu trono no coração do dervixe.

∽

Generosidade é doar mais do que pode, orgulho é aceitar menos do que precisa.

∾

Na verdade você não deve nada a homem nenhum. Deve tudo a todos os homens.

∾

Todos aqueles que viveram no passado vivem conosco hoje. Com certeza nenhum de nós quer ser um anfitrião deselegante.

∾

Aquele que tem mais desejos vive mais.

∾

Eles me dizem: "Um pássaro na mão vale mais do que dez voando".

Mas eu respondo: "Um pássaro e uma pena voando valem mais do que dez pássaros na mão".

Perseguir *essa pena* é perseguir a vida com pés alados; ou melhor, é a própria vida em si.

∾

Existem apenas dois elementos aqui, a beleza e a verdade; a beleza nos corações dos amantes, e a verdade nos braços dos que aram o solo.

∞

A grande beleza me captura, mas uma beleza ainda maior me liberta até de si mesma.

∞

A beleza brilha com mais força no coração daquele que a deseja do que nos olhos daquele que a vê.

∞

Admiro o homem que revela sua mente para mim; honro aquele que desvela seus sonhos. Mas por que fico tímido, e até um pouco constrangido, diante daquele que me serve?

∞

Os talentosos outrora se orgulhavam de servir príncipes.
Hoje demonstram sua honra servindo os pobres.

∞

Os anjos sabem que muitos homens práticos comem seu pão à custa do suor da testa do sonhador.

∽

A sagacidade muitas vezes é uma máscara. Se pudesse rasgá-la você encontraria um gênio irritadiço ou um malabarista espertalhão.

∽

O compreensivo destaca minha compreensão, e o obtuso, minha obtusidade. Acho que ambos estão certos.

∽

Apenas aqueles com segredos no coração são capazes de adivinhar os segredos em nossos corações.

∽

Aquele que vem até você para compartilhar seus prazeres, mas não seu sofrimento, perde a chave de um dos sete portões do Paraíso.

∽

Sim, existe um Nirvana; consiste em levar suas ovelhas para uma pastagem verdejante, e em colocar seu filho na cama para dormir, e em escrever o último verso de seu poema.

∽

Nós escolhemos nossas alegrias e nossas tristezas muito antes de vivenciá-las.

∽

A tristeza não passa de um muro entre dois jardins.

∽

Quando sua alegria ou sua tristeza se engrandece, o mundo se torna menor.

∽

O desejo é metade da vida; a indiferença é metade da morte.

∽

A coisa mais amarga em nossa tristeza de hoje é a lembrança de nossa alegria de ontem.

∽

Dizem para mim: "Você precisa escolher entre os prazeres deste mundo e a paz do além".

E eu respondo: "Escolhi tanto os deleites deste mundo como a paz do além. Pois sei em meu coração que o Poeta Supremo escreveu apenas um poema, com métrica perfeita, e com rimas também perfeitas".

∞

A fé é um oásis no coração que nunca será alcançado pela caravana do pensamento.

∞

Quando você alcança a plenitude deve desejar apenas por desejar; e sentir fome apenas para ter fome; e sentir sede apenas para ter mais sede.

∞

Se confidenciar seus segredos ao vento, você não poderá culpar o vento por revelá-los às árvores.

∞

As flores da primavera são os sonhos do inverno relatados na mesa do café da manhã dos anjos.

∾

Disse um gambá para a flor: "Veja como corro depressa, enquanto você não consegue nem rastejar".

Disse a flor para o gambá: "Ó, nobre e veloz corredor, por favor, corra o mais depressa que puder!".

∾

As tartarugas podem informar mais sobre os caminhos do que as lebres.

∾

Como é estranho que criaturas sem coluna vertebral tenham as cascas mais duras.

∾

O mais tagarela é o menos inteligente, e praticamente não existe diferença entre um orador e um leiloeiro.

∾

Agradeça por não ter que viver do renome de um pai ou da fortuna de um tio.

Mas acima de tudo agradeça por ninguém ter que viver de seu renome ou de sua fortuna.

∽

Apenas quando deixa cair uma bola o malabarista tem algum encanto para mim.

∽

O invejoso me elogia sem saber.

∽

Você existiu por muito tempo como um sonho de sua mãe, e então ela despertou e lhe deu à luz.

∽

A semente da raça está no desejo de sua mãe.

∽

Meu pai e minha mãe desejavam um filho, e se juntaram para me ter.
E eu queria uma mãe e um pai, e me juntei à noite e ao mar.

∽

Alguns de nossos filhos são nossas justificativas, enquanto outros são nossos arrependimentos.

∞

Quando a noite vier e a escuridão dominar você também, deite-se e dê um propósito a essa escuridão.

E quando a manhã vier e a escuridão ainda estiver dentro de você, levante-se e diga para o dia com vigor: "Ainda estou dominado pela escuridão".

É estupidez tentar esconder alguma coisa da noite e do dia.

Eles ririam de você.

∞

A montanha envolvida pela névoa não se torna uma colina; um carvalho castigado pela chuva não se torna um arbusto.

∞

Eis aqui um paradoxo: o profundo e o elevado estão mais próximos um do outro do que o medíocre de ambos.

∽

Quando me coloquei diante de um espelho límpido à sua frente, você me olhou e viu sua imagem.
Então você disse: "Eu te amo".
Mas na verdade amava o que via de si mesmo em mim.

∽

Quando você desfruta do fato de amar seu semelhante isso deixa de ser uma virtude.

∽

O amor que não está sempre brotando está sempre morrendo.

∽

Não é possível ter juventude e conhecimento ao mesmo tempo;
Pois a juventude está ocupada demais vivendo para aprender, e o conhecimento está ocupado demais perseguindo a si mesmo.

∽

Você pode sentar-se à janela para ver os passantes. E observando pode ver uma freira se aproximando à sua direita, e uma prostituta se aproximando à sua esquerda.

E, em sua inocência, você pode dizer: "Como uma é nobre, e como a outra é ignóbil".

Mas, se fechasse os olhos e escutasse, ouviria uma voz suspirando no éter: "Uma me busca com orações, e a outra com sofrimento. E no espírito de ambas há uma reverência ao meu espírito".

∽

Uma vez a cada cem anos Jesus de Nazaré se encontra com o Jesus dos cristãos em um jardim em meio às colinas do Líbano. E eles conversam por um bom tempo; e todas as vezes Jesus de Nazaré vai embora falando para o Jesus dos cristãos: "Meu amigo, receio que nunca, jamais, vamos concordar".

∽

Que Deus alimente os que têm tudo em abundância!

∽

Um grande homem tem dois corações; um que sangra e outro que resiste.

∞

Se alguém contar uma mentira que não prejudica você nem ninguém mais, por que não dizer de coração que a morada dos fatos onde essa pessoa reside é pequena demais para suas fantasias, e que ela deveria procurar um lugar mais espaçoso?

∞

Atrás de cada porta fechada há um mistério guardado por sete selos.

∞

A espera são os cascos das patas do tempo.

∞

E se um problema for apenas uma nova janela na face leste de sua casa?

∞

Você pode se esquecer daquele com quem compartilhou risos, porém jamais se esquecerá daquele com quem compartilhou lágrimas.

∾

Deve haver algo estranhamente sagrado no sal. Ele está em nossas lágrimas e no mar.

∾

Nosso Deus, em Sua graciosa sede, nos beberá por inteiro, da gota de orvalho à lágrima.

∾

Você é apenas um fragmento de seu eu gigantesco, uma boca que busca o pão, e uma mão com uma xícara que tateia às cegas em busca da boca sedenta.

∾

Caso consiga se elevar um cúbito acima de questões de raça, pátria e ego, você se tornará divino na prática.

∾

Se eu fosse você, não me queixaria do mar na maré baixa.
Estamos em uma boa embarcação, e nosso Capitão é hábil; é apenas seu estômago que está desarranjado.

∞

O que desejamos e não conseguimos obter nos é mais valioso do que aquilo que já obtivemos.

∞

Caso se sentasse numa nuvem você não veria fronteiras entre um país e outro, nem cercas entre uma propriedade e outra.

É uma pena que você não possa se sentar numa nuvem.

∞

Sete séculos atrás sete pombos brancos se elevaram de um vale profundo e voaram para o cume nevado da montanha. Um dos sete homens que observaram o fenômeno disse: "Vejo uma mancha preta na asa do sétimo pombo".

Hoje o povo daquele vale conta sobre sete pombos pretos que voaram para o cume nevado da montanha.

∞

No outono reuni todas as minhas tristezas e enterrei em meu jardim.

E quando abril chegou e a primavera veio se juntar à terra, cresceram em meu jardim lindas flores, diferentes de quaisquer outras.

E meus vizinhos vieram apreciá-las, e todos me disseram: "Quando o outono vier, na época do plantio, você não pode nos dar as sementes dessas flores para que as tenhamos em nosso jardim?".

∾

É de fato um sofrimento eu estender a mão aos homens e não receber nada em troca; porém a maior desesperança é estender uma mão cheia e não encontrar ninguém disposto a receber.

∾

Desejo a eternidade, pois assim poderei encontrar meus poemas não escritos e meus quadros não pintados.

∾

A arte é um passo dado a partir da natureza para o Infinito.

∾

Uma obra de arte é uma névoa moldada em forma de imagem.

∾

Mesmo as mãos que fabricam coroas de espinhos são superiores a mãos desocupadas.

∾

Nossas lágrimas mais sagradas nunca procuram nossos olhos.

∾

Todo homem é descendente de todos os reis e todos os escravos que já viveram.

∾

Se o bisavô de Jesus soubesse o que tinha escondido dentro de si, ele não ficaria perplexo consigo mesmo?

∾

O amor da mãe de Judas pelo filho era menor do que o amor de Maria por Jesus?

∾

Há três milagres de nosso Irmão Jesus ainda não registrados no Livro: o primeiro que Ele era um homem como eu e você; o segundo que Ele tinha senso de humor; e o terceiro que Ele sabia que era um conquistador, apesar de estar no papel de conquistado.

∾

Ó, Crucificado, você está crucificado em meu coração; e os cravos que perfuram suas mãos perfuram as paredes de meu coração.

E amanhã, quando um estranho passar por este Gólgota, não vai saber que dois sangraram aqui.

E vai achar que o sangue é de um só homem.

∾

Você pode ter ouvido falar da Montanha Abençoada.

É a montanha mais alta de nosso mundo.

Se chegar ao cume você terá um único desejo, que é descer e estar com aqueles que habitam o vale mais profundo.

Por isso ela é chamada de Montanha Abençoada.

Cada pensamento que aprisionei e me impedi de expressar devo libertar na forma de ações.

Coleção L&PM POCKET (Lançamentos mais recentes)

500. **Esboço para uma teoria das emoções** – Sartre
501. **Renda básica de cidadania** – Eduardo Suplicy
502(1). **Pílulas para viver melhor** – Dr. Lucchese
503(2). **Pílulas para prolongar a juventude** – Dr. Lucchese
504(3). **Desembarcando o diabetes** – Dr. Lucchese
505(4). **Desembarcando o sedentarismo** – Dr. Fernando Lucchese e Cláudio Castro
506(5). **Desembarcando a hipertensão** – Dr. Lucchese
507(6). **Desembarcando o colesterol** – Dr. Fernando Lucchese e Fernanda Lucchese
508. **Estudos de mulher** – Balzac
509. **O terceiro tira** – Flann O'Brien
510. **100 receitas de aves e ovos** – J. A. P. Machado
511. **Garfield em toneladas de diversão (5)** – Jim Davis
512. **Trem-bala** – Martha Medeiros
513. **Os cães ladram** – Truman Capote
514. **O Kama Sutra de Vatsyayana**
515. **O crime do Padre Amaro** – Eça de Queiroz
516. **Odes de Ricardo Reis** – Fernando Pessoa
517. **O inverno da nossa desesperança** – Steinbeck
518. **Piratas do Tietê (1)** – Laerte
519. **Rê Bordosa: do começo ao fim** – Angeli
520. **O Harlem é escuro** – Chester Himes
522. **Eugénie Grandet** – Balzac
523. **O último magnata** – F. Scott Fitzgerald
524. **Carol** – Patricia Highsmith
525. **100 receitas de patisseria** – Sílvio Lancellotti
527. **Tristessa** – Jack Kerouac
528. **O diamante do tamanho do Ritz** – F. Scott Fitzgerald
529. **As melhores histórias de Sherlock Holmes** – Arthur Conan Doyle
530. **Cartas a um jovem poeta** – Rilke
532. **O misterioso sr. Quin** – Agatha Christie
533. **Os analectos** – Confúcio
536. **Ascensão e queda de César Birotteau** – Balzac
537. **Sexta-feira negra** – David Goodis
538. **Ora bolas – O humor de Mario Quintana** – Juarez Fonseca
539. **Longe daqui mesmo** – Antonio Bivar
540. **É fácil matar** – Agatha Christie
541. **O pai Goriot** – Balzac
542. **Brasil, um país do futuro** – Stefan Zweig
543. **O processo** – Kafka
544. **O melhor de Hagar 4** – Dik Browne
545. **Por que não pediram a Evans?** – Agatha Christie
546. **Fanny Hill** – John Cleland
547. **O gato por dentro** – William S. Burroughs
548. **Sobre a brevidade da vida** – Sêneca
549. **Geraldão (1)** – Glauco
550. **Piratas do Tietê (2)** – Laerte
551. **Pagando o pato** – Ciça
552. **Garfield de bom humor (6)** – Jim Davis
553. **Conhece o Mário?** vol.1 – Santiago
554. **Radicci 6** – Iotti
555. **Os subterrâneos** – Jack Kerouac
556(1). **Balzac** – François Taillandier
557(2). **Modigliani** – Christian Parisot
558(3). **Kafka** – Gérard-Georges Lemaire
559(4). **Júlio César** – Joël Schmidt
560. **Receitas da família** – J. A. Pinheiro Machado
561. **Boas maneiras à mesa** – Celia Ribeiro
562(9). **Filhos sadios, pais felizes** – R. Pagnoncelli
563(10). **Fatos & mitos** – Dr. Fernando Lucchese
564. **Ménage à trois** – Paula Taitelbaum
565. **Mulheres!** – David Coimbra
566. **Poemas de Álvaro de Campos** – Fernando Pessoa
567. **Medo e outras histórias** – Stefan Zweig
568. **Snoopy e sua turma (1)** – Schulz
569. **Piadas para sempre (1)** – Visconde da Casa Verde
570. **O alvo móvel** – Ross Macdonald
571. **O melhor do Recruta Zero (2)** – Mort Walker
572. **Um sonho americano** – Norman Mailer
573. **Os broncos também amam** – Angeli
574. **Crônica de um amor louco** – Bukowski
575(5). **Freud** – René Major e Chantal Talagrand
576(6). **Picasso** – Gilles Plazy
577(7). **Gandhi** – Christine Jordis
578. **A tumba** – H. P. Lovecraft
579. **O príncipe e o mendigo** – Mark Twain
580. **Garfield, um charme de gato (7)** – Jim Davis
581. **Ilusões perdidas** – Balzac
582. **Esplendores e misérias das cortesãs** – Balzac
583. **Walter Ego** – Angeli
584. **Stripitiras (1)** – Laerte
585. **Fagundes: um puxa-saco de mão cheia** – Laerte
586. **Depois do último trem** – Josué Guimarães
587. **Ricardo III** – Shakespeare
588. **Dona Anja** – Josué Guimarães
589. **24 horas na vida de uma mulher** – Stefan Zweig
591. **Mulher no escuro** – Dashiell Hammett
592. **No que acredito** – Bertrand Russell
593. **Odisseia (1): Telemaquia** – Homero
594. **O cavalo cego** – Josué Guimarães
595. **Henrique V** – Shakespeare
596. **Fabulário geral do delírio cotidiano** – Bukowski
597. **Tiros na noite 1: A mulher do bandido** – Dashiell Hammett
598. **Snoopy em Feliz Dia dos Namorados! (2)** – Schulz
600. **Crime e castigo** – Dostoiévski

601. **Mistério no Caribe** – Agatha Christie
602. **Odisseia (2): Regresso** – Homero
603. **Piadas para sempre (2)** – Visconde da Casa Verde
604. **À sombra do vulcão** – Malcolm Lowry
605. (8).**Kerouac** – Yves Buin
606. **E agora são cinzas** – Angeli
607. **As mil e uma noites** – Paulo Caruso
608. **Um assassino entre nós** – Ruth Rendell
609. **Crack-up** – F. Scott Fitzgerald
610. **Do amor** – Stendhal
611. **Cartas do Yage** – William Burroughs e Allen Ginsberg
612. **Striptiras (2)** – Laerte
613. **Henry & June** – Anaïs Nin
614. **A piscina mortal** – Ross Macdonald
615. **Geraldão (2)** – Glauco
616. **Tempo de delicadeza** – A. R. de Sant'Anna
617. **Tiros na noite 2: Medo de tiro** – Dashiell Hammett
618. **Snoopy em Assim é a vida, Charlie Brown! (3)** – Schulz
619. **1954 – Um tiro no coração** – Hélio Silva
620. **Sobre a inspiração poética (Íon) e ...** – Platão
621. **Garfield e seus amigos (8)** – Jim Davis
622. **Odisseia (3): Ítaca** – Homero
623. **A louca matança** – Chester Himes
624. **Factótum** – Bukowski
625. **Guerra e Paz: volume 1** – Tolstói
626. **Guerra e Paz: volume 2** – Tolstói
627. **Guerra e Paz: volume 3** – Tolstói
628. **Guerra e Paz: volume 4** – Tolstói
629. (9).**Shakespeare** – Claude Mourthé
630. **Bem está o que bem acaba** – Shakespeare
631. **O contrato social** – Rousseau
632. **Geração Beat** – Jack Kerouac
633. **Snoopy: É Natal! (4)** – Charles Schulz
634. **Testemunha da acusação** – Agatha Christie
635. **Um elefante no caos** – Millôr Fernandes
636. **Guia de leitura (100 autores que você precisa ler)** – Organização de Léa Masina
637. **Pistoleiros também mandam flores** – David Coimbra
638. **O prazer das palavras** – vol. 1 – Cláudio Moreno
639. **O prazer das palavras** – vol. 2 – Cláudio Moreno
640. **Novíssimo testamento: com Deus e o diabo, a dupla da criação** – Iotti
641. **Literatura Brasileira: modos de usar** – Luís Augusto Fischer
642. **Dicionário de Porto-Alegrês** – Luís A. Fischer
643. **Clô Dias & Noites** – Sérgio Jockymann
644. **Memorial de Isla Negra** – Pablo Neruda
645. **Um homem extraordinário e outras histórias** – Tchékhov
646. **Ana sem terra** – Alcy Cheuiche
647. **Adultérios** – Woody Allen
651. **Snoopy: Posso fazer uma pergunta, professora? (5)** – Charles Schulz
652. (10).**Luís XVI** – Bernard Vincent
653. **O mercador de Veneza** – Shakespeare
654. **Cancioneiro** – Fernando Pessoa
655. **Non-Stop** – Martha Medeiros
656. **Carpinteiros, levantem bem alto a cumeeira & Seymour, uma apresentação** – J.D.Salinger
657. **Ensaios céticos** – Bertrand Russell
658. **O melhor de Hagar 5** – Dik e Chris Browne
659. **Primeiro amor** – Ivan Turguêniev
660. **A trégua** – Mario Benedetti
661. **Um parque de diversões da cabeça** – Lawrence Ferlinghetti
662. **Aprendendo a viver** – Sêneca
663. **Garfield, um gato em apuros (9)** – Jim Davis
664. **Dilbert (1)** – Scott Adams
666. **A imaginação** – Jean-Paul Sartre
667. **O ladrão e os cães** – Naguib Mahfuz
669. **A volta do parafuso** *seguido de* **Daisy Miller** – Henry James
670. **Notas do subsolo** – Dostoiévski
671. **Abobrinhas da Brasilônia** – Glauco
672. **Geraldão (3)** – Glauco
673. **Piadas para sempre (3)** – Visconde da Casa Verde
674. **Duas viagens ao Brasil** – Hans Staden
676. **A arte da guerra** – Maquiavel
677. **Além do bem e do mal** – Nietzsche
678. **O coronel Chabert** *seguido de* **A mulher abandonada** – Balzac
679. **O sorriso de marfim** – Ross Macdonald
680. **100 receitas de pescados** – Sílvio Lancellotti
681. **O juiz e seu carrasco** – Friedrich Dürrenmatt
682. **Noites brancas** – Dostoiévski
683. **Quadras ao gosto popular** – Fernando Pessoa
685. **Kaos** – Millôr Fernandes
686. **A pele de onagro** – Balzac
687. **As ligações perigosas** – Choderlos de Laclos
689. **Os Lusíadas** – Luís Vaz de Camões
690. (11).**Átila** – Éric Deschodt
691. **Um jeito tranquilo de matar** – Chester Himes
692. **A felicidade conjugal** *seguido de* **O diabo** – Tolstói
693. **Viagem de um naturalista ao redor do mundo** – vol. 1 – Charles Darwin
694. **Viagem de um naturalista ao redor do mundo** – vol. 2 – Charles Darwin
695. **Memórias da casa dos mortos** – Dostoiévski
696. **A Celestina** – Fernando de Rojas
697. **Snoopy: Como você é azarado, Charlie Brown! (6)** – Charles Schulz
698. **Dez (quase) amores** – Claudia Tajes
699. **Poirot sempre espera** – Agatha Christie
701. **Apologia de Sócrates** *precedido de* **Êutifron e** *seguido de* **Críton** – Platão
702. **Wood & Stock** – Angeli
703. **Striptiras (3)** – Laerte
704. **Discurso sobre a origem e os fundamentos da desigualdade entre os homens** – Rousseau
705. **Os duelistas** – Joseph Conrad
706. **Dilbert (2)** – Scott Adams
707. **Viver e escrever** (vol. 1) – Edla van Steen
708. **Viver e escrever** (vol. 2) – Edla van Steen

709. **Viver e escrever** (vol. 3) – Edla van Steen
710. **A teia da aranha** – Agatha Christie
711. **O banquete** – Platão
712. **Os belos e malditos** – F. Scott Fitzgerald
713. **Libelo contra a arte moderna** – Salvador Dalí
714. **Akropolis** – Valerio Massimo Manfredi
715. **Devoradores de mortos** – Michael Crichton
716. **Sob o sol da Toscana** – Frances Mayes
717. **Batom na cueca** – Nani
718. **Vida dura** – Claudia Tajes
719. **Carne trêmula** – Ruth Rendell
720. **Cris, a fera** – David Coimbra
721. **O anticristo** – Nietzsche
722. **Como um romance** – Daniel Pennac
723. **Emboscada no Forte Bragg** – Tom Wolfe
724. **Assédio sexual** – Michael Crichton
725. **O espírito do Zen** – Alan W. Watts
726. **Um bonde chamado desejo** – Tennessee Williams
727. **Como gostais** *seguido de* **Conto de inverno** – Shakespeare
728. **Tratado sobre a tolerância** – Voltaire
729. **Snoopy: Doces ou travessuras? (7)** – Charles Schulz
730. **Cardápios do Anonymus Gourmet** – J.A. Pinheiro Machado
731. **100 receitas com lata** – J.A. Pinheiro Machado
732. **Conhece o Mário?** vol.2 – Santiago
733. **Dilbert (3)** – Scott Adams
734. **História de um louco amor** *seguido de* **Passado amor** – Horacio Quiroga
735.(11).**Sexo: muito prazer** – Laura Meyer da Silva
736.(12).**Para entender o adolescente** – Dr. Ronald Pagnoncelli
737.(13).**Desembarcando a tristeza** – Dr. Fernando Lucchese
738. **Poirot e o mistério da arca espanhola & outras histórias** – Agatha Christie
739. **A última legião** – Valerio Massimo Manfredi
741. **Sol nascente** – Michael Crichton
742. **Duzentos ladrões** – Dalton Trevisan
743. **Os devaneios do caminhante solitário** – Rousseau
744. **Garfield, o rei da preguiça (10)** – Jim Davis
745. **Os magnatas** – Charles R. Morris
746. **Pulp** – Charles Bukowski
747. **Enquanto agonizo** – William Faulkner
748. **Aline: viciada em sexo (3)** – Adão Iturrusgarai
749. **A dama do cachorrinho** – Anton Tchékhov
750. **Tito Andrônico** – Shakespeare
751. **Antologia poética** – Anna Akhmátova
752. **O melhor de Hagar 6** – Dik e Chris Browne
753.(12).**Michelangelo** – Nadine Sautel
754. **Dilbert (4)** – Scott Adams
755. **O jardim das cerejeiras** *seguido de* **Tio Vânia** – Tchékhov
756. **Geração Beat** – Claudio Willer
757. **Santos Dumont** – Alcy Cheuiche
758. **Budismo** – Claude B. Levenson
759. **Cleópatra** – Christian-Georges Schwentzel
760. **Revolução Francesa** – Frédéric Bluche, Stéphane Rials e Jean Tulard

761. **A crise de 1929** – Bernard Gazier
762. **Sigmund Freud** – Edson Sousa e Paulo Endo
763. **Império Romano** – Patrick Le Roux
764. **Cruzadas** – Cécile Morrisson
765. **O mistério do Trem Azul** – Agatha Christie
768. **Senso comum** – Thomas Paine
769. **O parque dos dinossauros** – Michael Crichton
770. **Trilogia da paixão** – Goethe
773. **Snoopy: No mundo da lua! (8)** – Charles Schulz
774. **Os Quatro Grandes** – Agatha Christie
775. **Um brinde de cianureto** – Agatha Christie
776. **Súplicas atendidas** – Truman Capote
779. **A viúva imortal** – Millôr Fernandes
780. **Cabala** – Roland Goetschel
781. **Capitalismo** – Claude Jessua
782. **Mitologia grega** – Pierre Grimal
783. **Economia: 100 palavras-chave** – Jean-Paul Betbèze
784. **Marxismo** – Henri Lefebvre
785. **Punição para a inocência** – Agatha Christie
786. **A extravagância do morto** – Agatha Christie
787.(13).**Cézanne** – Bernard Fauconnier
788. **A identidade Bourne** – Robert Ludlum
789. **Da tranquilidade da alma** – Sêneca
790. **Um artista da fome** *seguido de* **Na colônia penal e outras histórias** – Kafka
791. **Histórias de fantasmas** – Charles Dickens
796. **O Uraguai** – Basílio da Gama
797. **A mão misteriosa** – Agatha Christie
798. **Testemunha ocular do crime** – Agatha Christie
799. **Crepúsculo dos ídolos** – Friedrich Nietzsche
802. **O grande golpe** – Dashiell Hammett
803. **Humor barra pesada** – Nani
804. **Vinho** – Jean-François Gautier
805. **Egito Antigo** – Sophie Desplancques
806.(14).**Baudelaire** – Jean-Baptiste Baronian
807. **Caminho da sabedoria, caminho da paz** – Dalai Lama e Felizitas von Schönborn
808. **Senhor e servo e outras histórias** – Tolstói
809. **Os cadernos de Malte Laurids Brigge** – Rilke
810. **Dilbert (5)** – Scott Adams
811. **Big Sur** – Jack Kerouac
812. **Seguindo a correnteza** – Agatha Christie
813. **O álibi** – Sandra Brown
814. **Montanha-russa** – Martha Medeiros
815. **Coisas da vida** – Martha Medeiros
816. **A cantada infalível** *seguido de* **A mulher do centroavante** – David Coimbra
819. **Snoopy: Pausa para a soneca (9)** – Charles Schulz
820. **De pernas pro ar** – Eduardo Galeano
821. **Tragédias gregas** – Pascal Thiercy
822. **Existencialismo** – Jacques Colette
823. **Nietzsche** – Jean Granier
824. **Amar ou depender?** – Walter Riso
825. **Darmapada: A doutrina budista em versos**
826. **J'Accuse...! – a verdade em marcha** – Zola
827. **Os crimes ABC** – Agatha Christie
828. **Um gato entre os pombos** – Agatha Christie
831. **Dicionário de teatro** – Luiz Paulo Vasconcellos

832. **Cartas extraviadas** – Martha Medeiros
833. **A longa viagem de prazer** – J. J. Morosoli
834. **Receitas fáceis** – J. A. Pinheiro Machado
835. (14).**Mais fatos & mitos** – Dr. Fernando Lucchese
836. (15).**Boa viagem!** – Dr. Fernando Lucchese
837. **Aline: Finalmente nua!!! (4)** – Adão Iturrusgarai
838. **Mônica tem uma novidade!** – Mauricio de Sousa
839. **Cebolinha em apuros!** – Mauricio de Sousa
840. **Sócios no crime** – Agatha Christie
841. **Bocas do tempo** – Eduardo Galeano
842. **Orgulho e preconceito** – Jane Austen
843. **Impressionismo** – Dominique Lobstein
844. **Escrita chinesa** – Viviane Alleton
845. **Paris: uma história** – Yvan Combeau
846. (15).**Van Gogh** – David Haziot
848. **Portal do destino** – Agatha Christie
849. **O futuro de uma ilusão** – Freud
850. **O mal-estar na cultura** – Freud
853. **Um crime adormecido** – Agatha Christie
854. **Satori em Paris** – Jack Kerouac
855. **Medo e delírio em Las Vegas** – Hunter Thompson
856. **Um negócio fracassado e outros contos de humor** – Tchékhov
857. **Mônica está de férias!** – Mauricio de Sousa
858. **De quem é esse coelho?** – Mauricio de Sousa
860. **O mistério Sittaford** – Agatha Christie
861. **Manhã transfigurada** – L. A. de Assis Brasil
862. **Alexandre, o Grande** – Pierre Briant
863. **Jesus** – Charles Perrot
864. **Islã** – Paul Balta
865. **Guerra da Secessão** – Farid Ameur
866. **Um rio que vem da Grécia** – Cláudio Moreno
868. **Assassinato na casa do pastor** – Agatha Christie
869. **Manual do líder** – Napoleão Bonaparte
870. (16).**Billie Holiday** – Sylvia Fol
871. **Bidu arrasando!** – Mauricio de Sousa
872. **Os Sousa: Desventuras em família** – Mauricio de Sousa
874. **E no final a morte** – Agatha Christie
875. **Guia prático do Português correto – vol. 4** – Cláudio Moreno
876. **Dilbert (6)** – Scott Adams
877. (17).**Leonardo da Vinci** – Sophie Chauveau
878. **Bella Toscana** – Frances Mayes
879. **A arte da ficção** – David Lodge
880. **Striptiras (4)** – Laerte
881. **Skrotinhos** – Angeli
882. **Depois do funeral** – Agatha Christie
883. **Radicci 7** – Iotti
884. **Walden** – H. D. Thoreau
885. **Lincoln** – Allen C. Guelzo
886. **Primeira Guerra Mundial** – Michael Howard
887. **A linha de sombra** – Joseph Conrad
888. **O amor é um cão dos diabos** – Bukowski
890. **Despertar: uma vida de Buda** – Jack Kerouac
891. (18).**Albert Einstein** – Laurent Seksik
892. **Hell's Angels** – Hunter Thompson
893. **Ausência na primavera** – Agatha Christie
894. **Dilbert (7)** – Scott Adams
895. **Ao sul de lugar nenhum** – Bukowski
896. **Maquiavel** – Quentin Skinner
897. **Sócrates** – C.C.W. Taylor
899. **O Natal de Poirot** – Agatha Christie
900. **As veias abertas da América Latina** – Eduardo Galeano
901. **Snoopy: Sempre alerta! (10)** – Charles Schulz
902. **Chico Bento: Plantando confusão** – Mauricio de Sousa
903. **Penadinho: Quem é morto sempre aparece** – Mauricio de Sousa
904. **A vida sexual da mulher feia** – Claudia Tajes
905. **100 segredos de liquidificador** – José Antonio Pinheiro Machado
906. **Sexo muito prazer 2** – Laura Meyer da Silva
907. **Os nascimentos** – Eduardo Galeano
908. **As caras e as máscaras** – Eduardo Galeano
909. **O século do vento** – Eduardo Galeano
910. **Poirot perde uma cliente** – Agatha Christie
911. **Cérebro** – Michael O'Shea
912. **O escaravelho de ouro e outras histórias** – Edgar Allan Poe
913. **Piadas para sempre (4)** – Visconde da Casa Verde
914. **100 receitas de massas light** – Helena Tonetto
915. (19).**Oscar Wilde** – Daniel Salvatore Schiffer
916. **Uma breve história do mundo** – H. G. Wells
917. **A Casa do Penhasco** – Agatha Christie
919. **John M. Keynes** – Bernard Gazier
920. (20).**Virginia Woolf** – Alexandra Lemasson
921. **Peter e Wendy** seguido de **Peter Pan em Kensington Gardens** – J. M. Barrie
922. **Aline: numas de colegial (5)** – Adão Iturrusgarai
923. **Uma dose mortal** – Agatha Christie
924. **Os trabalhos de Hércules** – Agatha Christie
926. **Kant** – Roger Scruton
927. **A inocência do Padre Brown** – G.K. Chesterton
928. **Casa Velha** – Machado de Assis
929. **Marcas de nascença** – Nancy Huston
930. **Aulete de bolso**
931. **Hora Zero** – Agatha Christie
932. **Morte na Mesopotâmia** – Agatha Christie
934. **Nem te conto, João** – Dalton Trevisan
935. **As aventuras de Huckleberry Finn** – Mark Twain
936. (21).**Marilyn Monroe** – Anne Plantagenet
937. **China moderna** – Rana Mitter
938. **Dinossauros** – David Norman
939. **Louca por homem** – Claudia Tajes
940. **Amores de alto risco** – Walter Riso
941. **Jogo de damas** – David Coimbra
942. **Filha é filha** – Agatha Christie
943. **M ou N?** – Agatha Christie
945. **Bidu: diversão em dobro!** – Mauricio de Sousa
946. **Fogo** – Anaïs Nin
947. **Rum: diário de um jornalista bêbado** – Hunter Thompson
948. **Persuasão** – Jane Austen
949. **Lágrimas na chuva** – Sergio Faraco

950. **Mulheres** – Bukowski
951. **Um pressentimento funesto** – Agatha Christie
952. **Cartas na mesa** – Agatha Christie
954. **O lobo do mar** – Jack London
955. **Os gatos** – Patricia Highsmith
956(22). **Jesus** – Christiane Rancé
957. **História da medicina** – William Bynum
958. **O Morro dos Ventos Uivantes** – Emily Brontë
959. **A filosofia na era trágica dos gregos** – Nietzsche
960. **Os treze problemas** – Agatha Christie
961. **A massagista japonesa** – Moacyr Scliar
963. **Humor do miserê** – Nani
964. **Todo o mundo tem dúvida, inclusive você** – Édison de Oliveira
965. **A dama do Bar Nevada** – Sergio Faraco
969. **O psicopata americano** – Bret Easton Ellis
970. **Ensaios de amor** – Alain de Botton
971. **O grande Gatsby** – F. Scott Fitzgerald
972. **Por que não sou cristão** – Bertrand Russell
973. **A Casa Torta** – Agatha Christie
974. **Encontro com a morte** – Agatha Christie
975(23). **Rimbaud** – Jean-Baptiste Baronian
976. **Cartas na rua** – Bukowski
977. **Memória** – Jonathan K. Foster
978. **A abadia de Northanger** – Jane Austen
979. **As pernas de Úrsula** – Claudia Tajes
980. **Retrato inacabado** – Agatha Christie
981. **Solanin (1)** – Inio Asano
982. **Solanin (2)** – Inio Asano
983. **Aventuras de menino** – Mitsuru Adachi
984(16). **Fatos & mitos sobre sua alimentação** – Dr. Fernando Lucchese
985. **Teoria quântica** – John Polkinghorne
986. **O eterno marido** – Fiódor Dostoiévski
987. **Um safado em Dublin** – J. P. Donleavy
988. **Mirinha** – Dalton Trevisan
989. **Akhenaton e Nefertiti** – Carmen Seganfredo e A. S. Franchini
990. **On the Road – o manuscrito original** – Jack Kerouac
991. **Relatividade** – Russell Stannard
992. **Abaixo de zero** – Bret Easton Ellis
993(24). **Andy Warhol** – Mériam Korichi
995. **Os últimos casos de Miss Marple** – Agatha Christie
996. **Nico Demo: Aí vem encrenca** – Mauricio de Sousa
998. **Rousseau** – Robert Wokler
999. **Noite sem fim** – Agatha Christie
1000. **Diários de Andy Warhol (1)** – Editado por Pat Hackett
1001. **Diários de Andy Warhol (2)** – Editado por Pat Hackett
1002. **Cartier-Bresson: o olhar do século** – Pierre Assouline
1003. **As melhores histórias da mitologia: vol. 1** – A.S. Franchini e Carmen Seganfredo
1004. **As melhores histórias da mitologia: vol. 2** – A.S. Franchini e Carmen Seganfredo
1005. **Assassinato no beco** – Agatha Christie
1006. **Convite para um homicídio** – Agatha Christie
1008. **História da vida** – Michael J. Benton
1009. **Jung** – Anthony Stevens
1010. **Arsène Lupin, ladrão de casaca** – Maurice Leblanc
1011. **Dublinenses** – James Joyce
1012. **120 tirinhas da Turma da Mônica** – Mauricio de Sousa
1013. **Antologia poética** – Fernando Pessoa
1014. **A aventura de um cliente ilustre** *seguido de* **O último adeus de Sherlock Holmes** – Sir Arthur Conan Doyle
1015. **Cenas de Nova York** – Jack Kerouac
1016. **A corista** – Anton Tchékhov
1017. **O diabo** – Leon Tolstói
1018. **Fábulas chinesas** – Sérgio Capparelli e Márcia Schmaltz
1019. **O gato do Brasil** – Sir Arthur Conan Doyle
1020. **Missa do Galo** – Machado de Assis
1021. **O mistério de Marie Rogêt** – Edgar Allan Poe
1022. **A mulher mais linda da cidade** – Bukowski
1023. **O retrato** – Nicolai Gogol
1024. **O conflito** – Agatha Christie
1025. **Os primeiros casos de Poirot** – Agatha Christie
1027(25). **Beethoven** – Bernard Fauconnier
1028. **Platão** – Julia Annas
1029. **Cleo e Daniel** – Roberto Freire
1030. **Til** – José de Alencar
1031. **Viagens na minha terra** – Almeida Garrett
1032. **Profissões para mulheres e outros artigos feministas** – Virginia Woolf
1033. **Mrs. Dalloway** – Virginia Woolf
1034. **O cão da morte** – Agatha Christie
1035. **Tragédia em três atos** – Agatha Christie
1037. **O fantasma da Ópera** – Gaston Leroux
1038. **Evolução** – Brian e Deborah Charlesworth
1039. **Medida por medida** – Shakespeare
1040. **Razão e sentimento** – Jane Austen
1041. **A obra-prima ignorada** *seguido de* **Um episódio durante o Terror** – Balzac
1042. **A fugitiva** – Anaïs Nin
1043. **As grandes histórias da mitologia greco-romana** – A. S. Franchini
1044. **O corno de si mesmo & outras historietas** – Marquês de Sade
1045. **Da felicidade** *seguido de* **Da vida retirada** – Sêneca
1046. **O horror em Red Hook e outras histórias** – H. P. Lovecraft
1047. **Noite em claro** – Martha Medeiros
1048. **Poemas clássicos chineses** – Li Bai, Du Fu e Wang Wei
1049. **A terceira moça** – Agatha Christie
1050. **Um destino ignorado** – Agatha Christie
1051(26). **Buda** – Sophie Royer
1052. **Guerra Fria** – Robert J. McMahon
1053. **Simons's Cat: as aventuras de um gato travesso e comilão – vol. 1** – Simon Tofield
1054. **Simons's Cat: as aventuras de um gato travesso e comilão – vol. 2** – Simon Tofield
1055. **Só as mulheres e as baratas sobreviverão** – Claudia Tajes

1057. **Pré-história** – Chris Gosden
1058. **Pintou sujeira!** – Mauricio de Sousa
1059. **Contos de Mamãe Gansa** – Charles Perrault
1060. **A interpretação dos sonhos: vol. 1** – Freud
1061. **A interpretação dos sonhos: vol. 2** – Freud
1062. **Frufru Rataplã Dolores** – Dalton Trevisan
1063. **As melhores histórias da mitologia egípcia** – Carmem Seganfredo e A.S. Franchini
1064. **Infância. Adolescência. Juventude** – Tolstói
1065. **As consolações da filosofia** – Alain de Botton
1066. **Diários de Jack Kerouac – 1947-1954**
1067. **Revolução Francesa – vol. 1** – Max Gallo
1068. **Revolução Francesa – vol. 2** – Max Gallo
1069. **O detetive Parker Pyne** – Agatha Christie
1070. **Memórias do esquecimento** – Flávio Tavares
1071. **Drogas** – Leslie Iversen
1072. **Manual de ecologia (vol.2)** – J. Lutzenberger
1073. **Como andar no labirinto** – Affonso Romano de Sant'Anna
1074. **A orquídea e o serial killer** – Juremir Machado da Silva
1075. **Amor nos tempos de fúria** – Lawrence Ferlinghetti
1076. **A aventura do pudim de Natal** – Agatha Christie
1078. **Amores que matam** – Patricia Faur
1079. **Histórias de pescador** – Mauricio de Sousa
1080. **Pedaços de um caderno manchado de vinho** – Bukowski
1081. **A ferro e fogo: tempo de solidão (vol.1)** – Josué Guimarães
1082. **A ferro e fogo: tempo de guerra (vol.2)** – Josué Guimarães
1084. (17).**Desembarcando o Alzheimer** – Dr. Fernando Lucchese e Dra. Ana Hartmann
1085. **A maldição do espelho** – Agatha Christie
1086. **Uma breve história da filosofia** – Nigel Warburton
1088. **Heróis da História** – Will Durant
1089. **Concerto campestre** – L. A. de Assis Brasil
1090. **Morte nas nuvens** – Agatha Christie
1092. **Aventura em Bagdá** – Agatha Christie
1093. **O cavalo amarelo** – Agatha Christie
1094. **O método de interpretação dos sonhos** – Freud
1095. **Sonetos de amor e desamor** – Vários
1096. **120 tirinhas do Dilbert** – Scott Adams
1097. **200 fábulas de Esopo**
1098. **O curioso caso de Benjamin Button** – F. Scott Fitzgerald
1099. **Piadas para sempre: uma antologia para morrer de rir** – Visconde da Casa Verde
1100. **Hamlet (Mangá)** – Shakespeare
1101. **A arte da guerra (Mangá)** – Sun Tzu
1104. **As melhores histórias da Bíblia (vol.1)** – A. S. Franchini e Carmen Seganfredo
1105. **As melhores histórias da Bíblia (vol.2)** – A. S. Franchini e Carmen Seganfredo
1106. **Psicologia das massas e análise do eu** – Freud
1107. **Guerra Civil Espanhola** – Helen Graham
1108. **A autoestrada do sul e outras histórias** – Julio Cortázar
1109. **O mistério dos sete relógios** – Agatha Christie
1110. **Peanuts: Ninguém gosta de mim... (amor)** – Charles Schulz
1111. **Cadê o bolo?** – Mauricio de Sousa
1112. **O filósofo ignorante** – Voltaire
1113. **Totem e tabu** – Freud
1114. **Filosofia pré-socrática** – Catherine Osborne
1115. **Desejo de status** – Alain de Botton
1118. **Passageiro para Frankfurt** – Agatha Christie
1120. **Kill All Enemies** – Melvin Burgess
1121. **A morte da sra. McGinty** – Agatha Christie
1122. **Revolução Russa** – S. A. Smith
1123. **Até você, Capitu?** – Dalton Trevisan
1124. **O grande Gatsby (Mangá)** – F. S. Fitzgerald
1125. **Assim falou Zaratustra (Mangá)** – Nietzsche
1126. **Peanuts: É para isso que servem os amigos (amizade)** – Charles Schulz
1127. (27).**Nietzsche** – Dorian Astor
1128. **Bidu: Hora do banho** – Mauricio de Sousa
1129. **O melhor do Macanudo Taurino** – Santiago
1130. **Radicci 30 anos** – Iotti
1131. **Show de sabores** – J.A. Pinheiro Machado
1132. **O prazer das palavras – vol. 3** – Cláudio Moreno
1133. **Morte na praia** – Agatha Christie
1134. **O fardo** – Agatha Christie
1135. **Manifesto do Partido Comunista (Mangá)** – Marx & Engels
1136. **A metamorfose (Mangá)** – Franz Kafka
1137. **Por que você não se casou... ainda** – Tracy McMillan
1138. **Textos autobiográficos** – Bukowski
1139. **A importância de ser prudente** – Oscar Wilde
1140. **Sobre a vontade na natureza** – Arthur Schopenhauer
1141. **Dilbert (8)** – Scott Adams
1142. **Entre dois amores** – Agatha Christie
1143. **Cipreste triste** – Agatha Christie
1144. **Alguém viu uma assombração?** – Mauricio de Sousa
1145. **Mandela** – Elleke Boehmer
1146. **Retrato do artista quando jovem** – James Joyce
1147. **Zadig ou o destino** – Voltaire
1148. **O contrato social (Mangá)** – J.-J. Rousseau
1149. **Garfield fenomenal** – Jim Davis
1150. **A queda da América** – Allen Ginsberg
1151. **Música na noite & outros ensaios** – Aldous Huxley
1152. **Poesias inéditas & Poemas dramáticos** – Fernando Pessoa
1153. **Peanuts: Felicidade é...** – Charles M. Schulz
1154. **Mate-me por favor** – Legs McNeil e Gillian McCain
1155. **Assassinato no Expresso Oriente** – Agatha Christie
1156. **Um punhado de centeio** – Agatha Christie
1157. **A interpretação dos sonhos (Mangá)** – Freud
1158. **Peanuts: Você não entende o sentido da vida** – Charles M. Schulz
1159. **A dinastia Rothschild** – Herbert R. Lottman
1160. **A Mansão Hollow** – Agatha Christie
1161. **Nas montanhas da loucura** – H.P. Lovecraft

1162(28).**Napoleão Bonaparte** – Pascale Fautrier
1163.**Um corpo na biblioteca** – Agatha Christie
1164.**Inovação** – Mark Dodgson e David Gann
1165.**O que toda mulher deve saber sobre os homens: a afetividade masculina** – Walter Riso
1166.**O amor está no ar** – Mauricio de Sousa
1167.**Testemunha de acusação & outras histórias** – Agatha Christie
1168.**Etiqueta de bolso** – Celia Ribeiro
1169.**Poesia reunida (volume 3)** – Affonso Romano de Sant'Anna
1170.**Emma** – Jane Austen
1171.**Que seja em segredo** – Ana Miranda
1172.**Garfield sem apetite** – Jim Davis
1173.**Garfield: Foi mal...** – Jim Davis
1174.**Os irmãos Karamázov (Mangá)** – Dostoiévski
1175.**O Pequeno Príncipe** – Antoine de Saint-Exupéry
1176.**Peanuts: Ninguém mais tem o espírito aventureiro** – Charles M. Schulz
1177.**Assim falou Zaratustra** – Nietzsche
1178.**Morte no Nilo** – Agatha Christie
1179.**Ê, soneca boa** – Mauricio de Sousa
1180.**Garfield a todo o vapor** – Jim Davis
1181.**Em busca do tempo perdido (Mangá)** – Proust
1182.**Cai o pano: o último caso de Poirot** – Agatha Christie
1183.**Livro para colorir e relaxar** – Livro 1
1184.**Para colorir sem parar**
1185.**Os elefantes não esquecem** – Agatha Christie
1186.**Teoria da relatividade** – Albert Einstein
1187.**Compêndio da psicanálise** – Freud
1188.**Visões de Gerard** – Jack Kerouac
1189.**Fim de verão** – Mohiro Kitoh
1190.**Procurando diversão** – Mauricio de Sousa
1191.**E não sobrou nenhum e outras peças** – Agatha Christie
1192.**Ansiedade** – Daniel Freeman & Jason Freeman
1193.**Garfield: pausa para o almoço** – Jim Davis
1194.**Contos do dia e da noite** – Guy de Maupassant
1195.**O melhor de Hagar 7** – Dik Browne
1196(29).**Lou Andreas-Salomé** – Dorian Astor
1197(30).**Pasolini** – René de Ceccatty
1198.**O caso do Hotel Bertram** – Agatha Christie
1199.**Crônicas de motel** – Sam Shepard
1200.**Pequena filosofia da paz interior** – Catherine Rambert
1201.**Os sertões** – Euclides da Cunha
1202.**Treze à mesa** – Agatha Christie
1203.**Bíblia** – John Riches
1204.**Anjos** – David Albert Jones
1205.**As tirinhas do Guri de Uruguaiana 1** – Jair Kobe
1206.**Entre aspas (vol.1)** – Fernando Eichenberg
1207.**Escrita** – Andrew Robinson
1208.**O spleen de Paris: pequenos poemas em prosa** – Charles Baudelaire
1209.**Satíricon** – Petrônio
1210.**O avarento** – Molière
1211.**Queimando na água, afogando-se na chama** – Bukowski
1212.**Miscelânea septuagenária: contos e poemas** – Bukowski
1213.**Que filosofar é aprender a morrer e outros ensaios** – Montaigne
1214.**Da amizade e outros ensaios** – Montaigne
1215.**O medo à espreita e outras histórias** – H.P. Lovecraft
1216.**A obra de arte na era de sua reprodutibilidade técnica** – Walter Benjamin
1217.**Sobre a liberdade** – John Stuart Mill
1218.**O segredo de Chimneys** – Agatha Christie
1219.**Morte na rua Hickory** – Agatha Christie
1220.**Ulisses (Mangá)** – James Joyce
1221.**Ateísmo** – Julian Baggini
1222.**Os melhores contos de Katherine Mansfield** – Katherine Mansfied
1223(31).**Martin Luther King** – Alain Foix
1224.**Millôr Definitivo: uma antologia de *A Bíblia do Caos*** – Millôr Fernandes
1225.**O Clube das Terças-Feiras e outras histórias** – Agatha Christie
1226.**Por que sou tão sábio** – Nietzsche
1227.**Sobre a mentira** – Platão
1228.**Sobre a leitura *seguido do* Depoimento de Céleste Albaret** – Proust
1229.**O homem do terno marrom** – Agatha Christie
1230(32).**Jimi Hendrix** – Franck Médioni
1231.**Amor e amizade e outras histórias** – Jane Austen
1232.**Lady Susan, Os Watson e Sanditon** – Jane Austen
1233.**Uma breve história da ciência** – William Bynum
1234.**Macunaíma: o herói sem nenhum caráter** – Mário de Andrade
1235.**A máquina do tempo** – H.G. Wells
1236.**O homem invisível** – H.G. Wells
1237.**Os 36 estratagemas: manual secreto da arte da guerra** – Anônimo
1238.**A mina de ouro e outras histórias** – Agatha Christie
1239.**Pic** – Jack Kerouac
1240.**O habitante da escuridão e outros contos** – H.P. Lovecraft
1241.**O chamado de Cthulhu e outros contos** – H.P. Lovecraft
1242.**O melhor de Meu reino por um cavalo!** – Edição de Ivan Pinheiro Machado
1243.**A guerra dos mundos** – H.G. Wells
1244.**O caso da criada perfeita e outras histórias** – Agatha Christie
1245.**Morte por afogamento e outras histórias** – Agatha Christie
1246.**Assassinato no Comitê Central** – Manuel Vázquez Montalbán
1247.**O papai é pop** – Marcos Piangers
1248.**O papai é pop 2** – Marcos Piangers
1249.**A mamãe é rock** – Ana Cardoso

1250. **Paris boêmia** – Dan Franck
1251. **Paris libertária** – Dan Franck
1252. **Paris ocupada** – Dan Franck
1253. **Uma anedota infame** – Dostoiévski
1254. **O último dia de um condenado** – Victor Hugo
1255. **Nem só de caviar vive o homem** – J.M. Simmel
1256. **Amanhã é outro dia** – J.M. Simmel
1257. **Mulherzinhas** – Louisa May Alcott
1258. **Reforma Protestante** – Peter Marshall
1259. **História econômica global** – Robert C. Allen
1260(33). **Che Guevara** – Alain Foix
1261. **Câncer** – Nicholas James
1262. **Akhenaton** – Agatha Christie
1263. **Aforismos para a sabedoria de vida** – Arthur Schopenhauer
1264. **Uma história do mundo** – David Coimbra
1265. **Ame e não sofra** – Walter Riso
1266. **Desapegue-se!** – Walter Riso
1267. **Os Sousa: Uma família do barulho** – Mauricio de Sousa
1268. **Nico Demo: O rei da travessura** – Mauricio de Sousa
1269. **Testemunha da acusação e outras peças** – Agatha Christie
1270(34). **Dostoiévski** – Virgil Tanase
1271. **O melhor de Hagar 8** – Dik Browne
1272. **O melhor de Hagar 9** – Dik Browne
1273. **O melhor de Hagar 10** – Dik e Chris Browne
1274. **Considerações sobre o governo representativo** – John Stuart Mill
1275. **O homem Moisés e a religião monoteísta** – Freud
1276. **Inibição, sintoma e medo** – Freud
1277. **Além do princípio de prazer** – Freud
1278. **O direito de dizer não!** – Walter Riso
1279. **A arte de ser flexível** – Walter Riso
1280. **Casados e descasados** – August Strindberg
1281. **Da Terra à Lua** – Júlio Verne
1282. **Minhas galerias e meus pintores** – Kahnweiler
1283. **A arte do romance** – Virginia Woolf
1284. **Teatro completo v. 1: As aves da noite** *seguido de* **O visitante** – Hilda Hilst
1285. **Teatro completo v. 2: O verdugo** *seguido de* **A morte do patriarca** – Hilda Hilst
1286. **Teatro completo v. 3: O rato no muro** *seguido de* **Auto da barca de Camiri** – Hilda Hilst
1287. **Teatro completo v. 4: A empresa** *seguido de* **O novo sistema** – Hilda Hilst
1289. **Fora de mim** – Martha Medeiros
1290. **Divã** – Martha Medeiros
1291. **Sobre a genealogia da moral: um escrito polêmico** – Nietzsche
1292. **A consciência de Zeno** – Italo Svevo
1293. **Células-tronco** – Jonathan Slack
1294. **O fim do ciúme e outros contos** – Proust
1295. **A jangada** – Júlio Verne
1296. **A ilha do dr. Moreau** – H.G. Wells
1297. **Ninho de fidalgos** – Ivan Turguêniev
1298. **Jane Eyre** – Charlotte Brontë
1299. **Sobre gatos** – Bukowski
1300. **Sobre o amor** – Bukowski
1301. **Escrever para não enlouquecer** – Bukowski
1302. **222 receitas** – J. A. Pinheiro Machado
1303. **Reinações de Narizinho** – Monteiro Lobato
1304. **O Saci** – Monteiro Lobato
1305. **Memórias da Emília** – Monteiro Lobato
1306. **O Picapau Amarelo** – Monteiro Lobato
1307. **A reforma da Natureza** – Monteiro Lobato
1308. **Fábulas** *seguido de* **Histórias diversas** – Monteiro Lobato
1309. **Aventuras de Hans Staden** – Monteiro Lobato
1310. **Peter Pan** – Monteiro Lobato
1311. **Dom Quixote das crianças** – Monteiro Lobato
1312. **O Minotauro** – Monteiro Lobato
1313. **Um quarto só seu** – Virginia Woolf
1314. **Sonetos** – Shakespeare
1315(35). **Thoreau** – Marie Berthoumieu e Laura El Makki
1316. **Teoria da arte** – Cynthia Freeland
1317. **A arte da prudência** – Baltasar Gracián
1318. **O louco** *seguido de* **Areia e espuma** – Khalil Gibran
1319. **O profeta** *seguido de* **O jardim do profeta** – Khalil Gibran
1320. **Jesus, o Filho do Homem** – Khalil Gibran
1321. **A luta** – Norman Mailer
1322. **Sobre o sofrimento do mundo e outros ensaios** – Schopenhauer
1323. **Epidemiologia** – Rodolfo Saracci
1324. **Japão moderno** – Christopher Goto-Jones
1325. **A arte da meditação** – Matthieu Ricard
1326. **O adversário secreto** – Agatha Christie
1327. **Pollyanna** – Eleanor H. Porter
1328. **Espelhos** – Eduardo Galeano
1329. **A Vênus das peles** – Sacher-Masoch
1330. **O 18 de brumário de Luís Bonaparte** – Karl Marx
1331. **Um jogo para os vivos** – Patricia Highsmith
1332. **A tristeza pode esperar** – J.J. Camargo
1333. **Vinte poemas de amor e uma canção desesperada** – Pablo Neruda
1334. **Judaísmo** – Norman Solomon
1335. **Esquizofrenia** – Christopher Frith & Eve Johnstone
1336. **Seis personagens em busca de um autor** – Luigi Pirandello
1337. **A Fazenda dos Animais** – George Orwell
1338. **1984** – George Orwell
1339. **Ubu Rei** – Alfred Jarry
1340. **Sobre bêbados e bebidas** – Bukowski
1341. **Tempestade para os vivos e para os mortos** – Bukowski
1342. **Complicado** – Natsume Ono
1343. **Sobre o livre-arbítrio** – Schopenhauer
1344. **Uma breve história da literatura** – John Sutherland
1345. **Você fica tão sozinho às vezes que até faz sentido** – Bukowski

lepmeditores
www.lpm.com.br
o site que conta tudo

IMPRESSÃO:

PALLOTTI
GRÁFICA

Santa Maria - RS | Fone: (55) 3220.4500
www.graficapallotti.com.br